光文社文庫

文庫書下ろし／長編時代小説

姫の一分
若鷹武芸帖

岡本さとる

光 文 社

この作品は光文社文庫のために書下ろされました。

目次【姫の一分　若鷹武芸帖】

若鷹武芸帖
姫の一分

『姫の一分　若鷹武芸帖』おもな登場人物

新宮鷹之介……公儀武芸帖編纂所頭取。鏡心明智流の遣い手。

水軒三右衛門……公儀武芸帖編纂所の一員。柳生新陰流の遣い手。

松岡大八……公儀武芸帖編纂所の一員。円明流の遣い手。

富澤春……春太郎の名で深川で芸者をしている。富澤秋之助の娘。角野流手裏剣術を父から受け継ぐ。

高宮松之丞……先代から仕えている新宮家の老臣。

原口鉄太郎……新宮家の若党。

中田郡兵衛……公儀武芸帖編纂所で目録などを編纂。

小松杉蔵……鎖鎌術の遣い手。伏草流鎖鎌術・伊東一水道場の師範代を務めている。

儀兵衛……火付盗族改方に差口奉公をしている。三右衛門の知人。

鈴姫……かつての五万石の大名・藤浪豊後守の一人娘。薙刀を遣わせれば右に出る者はいない。

第一章　巴《ともえ》流

一

「爺《じ》イ、そういきり立つではない……」

新宮鷹之介《しんぐうたかのすけ》は、先ほどから老臣の高宮松之丞《たかみやまつのじょう》を、何度もそう言って窘《たしな》めていた。

「いや、なんの、わたくしがそわそわとした方が、かえって殿が落ち着かれるであろうと思うてのことでござりまする……」

松之丞は、言い訳ともとれぬ言葉でうそぶいたが、その鼻はふくらみっ放しであった。

無理もない。

文政《ぶんせい》二年の正月も、後数日を残すのみとなったこの日。俄《にわか》に若年寄《わかどしより》・京極周防《きょうごくすおうの》守《かみ》の呼び出しを受けた鷹之介は、

「上様が、ちと話したいとの仰《おお》せでな……」

とのことで、二日後に登城を命ぜられたのである。

父・孫右衛門《まごえもん》の跡を継ぎ小姓組番衆《こしょうぐみばんしゅう》として将軍・徳川家斉《とくがわいえなり》の側《そば》近く仕えていた新宮鷹之介は、将来を嘱望《しょくぼう》されていた。

それが、武芸帖編纂所《へんさんじょ》という、傍目《はため》には閑職にしか見えない新設の部署に御役替えとなり、半年以上が過ぎていた。

頭取という役儀は与えられているものの、与力、同心が付けられるわけでもなく、編纂方として、臨時雇いの武芸者二人を従えての務めであった。

主な仕事は、

「滅びゆく武芸流派を調べ、武芸帖に記すこと……」

就任当初は嘆いてばかりいたが、自らも鏡心明智流《きょうしんめいちりゅう》士学館《しがくかん》で、相当に腕を鳴らした鷹之介であるゆえ、それはそれで興味深く、次第にやり甲斐を覚えつつあった。

とはいえ、赤坂丹後《あかさかたんご》坂の屋敷に隣接する編纂所に拠《よ》る日々は、江戸城から遠く離

れた小島にいるような心地がして、

「自分はここで、こんな調べ物に終始していてよいものか」

若く希望に満ちた鷹之介は、不安と焦燥が入り交じった想いから、なかなか逃れられずにいた。

それゆえ、新年を迎え世の中が落ち着いた頃になって、将軍家から呼び出しを受けるなど、

「真に、ありがたき幸せに存じまする」

と、周防守の前で喜びを抑え切れなかった。

まだ新設された武芸帖編纂所頭取としての役儀がすぐに変わるとは思えない。

しばし今の暮らしが続くのであろう。

しかし、上様は自分のことをお忘れになっていない。その事実だけでも十分であるのに、

「ちと話したい……」

と言われると心が躍る。

それは、松之丞以下の家来達も同じであり、

「殿、これはきっと、武芸帖編纂所の構えを大きゅうして、新たな御役料を遣わそう、などということではございますまいか」

と、浮き立っているというわけだ。

――いや、浮かれてはならぬ。とんだぬか喜びになるやもしれぬぞ。

鷹之介は逸《はや》る気持ちを、冷静になって収めた。

そもそも、武芸帖編纂所頭取を命じられた時も、御書院番御徒頭《ごしょいんばんおかちがしら》か目付《めつけ》にでも栄進するのではないかとの期待を胸に、周防守の前に出たのであった。

それゆえ鷹之介は極めて平静を装いつつ、編纂方・水軒三右衛門《すいけんさんえもん》、松岡大八《まつおかだいはち》には、ひとまず仔細《しさい》を報せておいた。

「上様のお声がかりとは大したものでございますな」

「このところ、頭取はしっかりと御役を務められているゆえ、さぞお喜びなのでしょう」

二人は口々に喜んだものだが、同時に困惑の表情をも浮かべていた。

鷹之介にはわかる。

高貴な者によくありがちな〝思いつき〟で、家斉は鷹之介に新たな役を申しつけるつもりなのではなかろうか。

新宮家としては、それもよかろうが、三右衛門と大八は、鷹之介という純真で一本気な若き頭取の許で働くことに幸せを覚えている。

編纂所での暮らしにも慣れてきたのに、場合によっては、また浪人剣客に逆戻りせねばならぬのかと、そんな不安が駆け巡ったのに違いない。

「まずご案じ召さるな。どのような話になろうが、両先生の助けがなくては、この鷹之介はままならぬ。また、あれこれ頼りにさせてもらいますぞ……」

この辺りは鷹之介も、小姓組番衆の任を解かれてからは、それなりに苦労をしているだけに、気難しいおやじ達を喜ばせる言葉が、滑らかに口をつくようになっていた。

思惑通りに、三右衛門と大八は、悪童のような笑みを浮かべて、

「まずお任せあれ」

「我らはどこまでも、お供仕《つかまつ》りますぞ」

力強く応えると、編纂所の雑用を精力的にこなしたものだ。

――父上、父上もまた、日々、一喜一憂をなされておいでだったのでしょうね。

鷹之介は、仏間で亡き父に語りかけた。

鷹之介の思い出に登場する父は、いつも難しい顔をしていた。

ただ、将軍の鷹狩りに随行し、側近くに仕える栄誉を得た時は、一日中ニヤニヤとして笑みを絶やさなかったような気がする。

その鷹狩りの最中に、孫右衛門は不慮《ふりよ》の死を遂げた。

家斉の側を一時離れての巡回中に曲者《くせもの》を見つけ、これと斬り結んだ末に討ち死にをしたのである。

――今となっては、あの難しい顔の意味がようわかりまする。

鷹之介は、ふっと笑った。

頑強な父にも、心の内には喜びも哀しみもあり、気難しい表情の中にそれを押し込めていたのであろう。

日々城中に詰めていた頃と違って、屋敷と編纂所を行き来する今は、そんな父の内面に想いを馳せることが増えた。

それは、あれこれ試練を乗り越えたゆえの成熟と言うべきか、宮仕えの緊張から解放され心にゆとりが出来たからか――。

若き鷹之介の想いは、忙《せわ》しなく駆け巡るのであった。

二

二日後。

登城した新宮鷹之介は、中奥《なかおく》の庭に通された。

小姓組番衆としての役儀を離れた今、中奥に通されるのは異例のことで、家斉の鷹之介への寵《ちょう》が窺《うかが》い知れるというものだ。

家斉は庭へ出て、小姓を従え、陣床几《じんしょうぎ》に腰かけていた。

「鷹よ、励んでいるそうじゃな。周防守から噂を聞いているぞ」

余りの栄誉に固まってしまっている鷹之介に、家斉はやさしい声をかけると、穏やかに頬笑《ほほえ》んだ。

「ははッ……！」

礼法になど捉《とら》われることはない、楽にいたせと家斉は言ってくれたが、鷹之介は何も言えず、ただただ畏《かしこ》まっていた。

ふと見ると、家斉の側近くには、将軍家剣術指南役・柳生但馬守俊豊《やぎゅうたじまのかみとしとよ》が控えていた。

俊豊の父・俊則《としのり》は、水軒三右衛門の剣の師である。身動き出来ぬまでに緊張している鷹之介を見かねて、

「水軒三右衛門は役に立っているか？」

親しみの籠もった口調で声をかけてきた。

「ははッ、頼りになる者にござりまする」

その問いに応えることで、幾分鷹之介の顔に赤味がさした。

「左様か、それはよかった。まずはこれへ……」

俊豊は家斉の意を受け、自分の隣の床几に鷹之介を座らせると、

「上様におかれては、そなたに見せたいものがあるとの仰せでな」

と、庭を見た。

その刹那《せつな》、庭に薙刀《なぎなた》を小脇に抱えた奥女中達が十人ばかり出て来て、恭《うやうや》しく立礼をした。

薙刀は、刃の部分が竹刀になっている稽古用の物で、女中達は一様に、籠手《こて》、脛《すね》

当《あて》、胴を着け、袴《はかま》をはいた勇ましい姿であった。

「鷹よ、まず見るがよい」

家斉は、女中達を見廻してから、鷹之介に頷いてみせた。

俊豊は立ち上がり、恭しく家斉に頭を下げると、

「始めよ！」

女中達に号令した。

女中達は二人で一組となり対峙すると、

「えい！」

「やあ！」

勇ましいかけ声を発して、まず型の稽古を始めた。

全員の息は合っている。

打ち込む姿勢は皆、なかなかに美しい。

しかし、武術というものは見世物ではない。ひとつひとつの技には意味があり、この型が実践の折はどう生かされるかが大事なのである。

鷹之介は首を傾《かし》げざるをえない。

次に相手がどう打ってくるかわかっている型稽古ゆえ、群舞《ぐんぶ》を見ているような気にさせられるのだ。

家斉は、時折、鷹之介の方を見てニヤリと笑っている。

やがて型が終わると、一組ずつが立合《たちあい》を見せた。

防具を着けての立合であるから、さぞ白熱した打ち合いが展開されるのであろうと鷹之介は思ったのだが、

「えい……」

「やあ……」

型の時より明らかに勢いが落ちていて、互いに振り回してばかりで、相手を牽制《けんせい》するに止《とど》まっている。

鷹之介は嘆息《たんそく》した。

かつて小姓組番衆として、将軍警固《けいご》の任にある時は、薙刀の稽古もよくしたものだ。

両手の上で縦横無尽に振り回し、押し切り、引きながらに斬り、時には大胆に薙ぐ。

鷹之介にとってはそれが信条であったが、こんな相手なら、小太刀でも容易《たやす》く倒せるであろう。

柳生俊豊は、よきところで立合を止め、次々とそれは続いた。やがて最後の一組の立合が終った。

女中達は整列して、再び恭しく礼をすると、庭から去っていった。

家斉は床几から立ち上がると、冷たい風が雲を散らしている青空を見上げて、

「但馬守、何としたものかのう……」

足下に控える俊豊に問うた。

「さて、いかに女とはいえ……」

口を濁す俊豊に、

「あれでは武芸の体《てい》を為《な》してはおらぬ……」

家斉は、たたみかけるように言った。

「ははッ……」

俊豊は畏まった。

「あれでも、女中の中ではよりすぐりの者共《ども》を集めたそうな」

「左様にございまするか……」

「男が立ち入れぬ大奥を、あんな者共が守っているのじゃ。真にたわけたことじゃ」

「恐れながら、さらなる稽古が肝要《かんよう》かと存じまする」

「うむ、その通りじゃのう」

家斉は苦笑いを浮かべると、俊豊の後ろで控える鷹之介に、

「あの者共を鍛え直さねばならぬが、心当りはあるか」

と、訊ねた。

「薙刀の師範ならば、わたくしなどにお訊ねになるまでもないと存じまするが……」

鷹之介が恭しく言上すると、

「薙刀の師範は、女でなければなるまい」

「女で……」

「左様。女共は男がいくら指南したとて、所詮女の身では、殿御のようには参りませぬと、言い訳ばかりが先に立つものよ」

「そのようなものでございましょうか……」

「ははは、これはよい。鷹にはわからぬかもしれぬのう。余は女の中に埋れて暮らしているゆえ、それがようわかる」

「畏れ入りまする」

「ふふふ、畏れ入らずともよい。このようなことがわかる鷹では、おもしろうない」

家斉は楽しそうに笑った。

生涯で妻妾十六人との間に、五十人以上の子を生した家斉ならではの言葉であるが、話すうちに自分自身、おかしくなってきたようである。

鷹之介は、真剣に話しているかと思うと、いきなりおもしろい話をして笑い出す、何とも稚気《ちき》に溢《あふ》れた家斉を窺《うかが》い見るのが好きであった。

国を治めるには、時として鬼とならねばならぬ局面がある。

しかし、どこまでいっても鬼には成り切れぬ将軍の姿を見ていると、

――この御方が天下人であらせられる限り、この国は安泰であろう。

そのように思われるのである。

「それゆえに鷹よ……」

家斉は続けた。

「薙刀を見事に遣える女子を捜すのじゃ。生半可な腕ではいかぬぞ。若うて生きのよい女武芸者、別式女《べつしきめ》がよい。女子でもこれほどまでに薙刀を遣えるものかと、奥向きの女共が目を剝《む》くような者をのう……」

そのような女師範がいれば、先ほど庭で演武を見せた奥女中達の腕も、もっと鍛えられるであろうと言うのだ。

鷹之介は、

「畏まってござりまする」

感じ入って平伏した。

家斉の言うことは的を射ている。

薙刀の名手はいくらでも見つけられるであろうが、女に教えるとなると、体付きも力加減も変わってくる。

男の術法をいくら説いても、女とは種類が違うのだ。女の体で出来うる最強の薙刀術を伝授するのは、やはり女武芸者がよかろう。

「見つかれば、その武芸の筋を武芸帖に書き留めておくがよいぞ。頭取……」

家斉は悪戯《いたずら》っぽく笑みを浮かべた。

三

「これはまた、難しい仰せにござりまするな」

水軒三右衛門が唸った。

「若うて生きのよい、女武芸者を見つけるのは、容易いことではござりませぬぞ」

松岡大八が相槌《あいづち》を打った。

新宮鷹之介から早速、将軍家斉の意向を聞かされた二人は、しかつめらしい表情を浮かべたものの、その口許は綻《ほころ》んでいた。

武芸帖編纂所が今まで通りであると知れたことが、二人にとっては、何よりも嬉しかったのである。

早速、三右衛門と大八による薙刀についての講義が始まった。

かつては戦闘において威力を発揮した薙刀であったが、江戸幕府が生まれてから は特に使用されることもなく、大薙刀の所有にも制限が為されるようになった。それゆえ薙刀は武術としての名残《なごり》を止《とど》め、剣術各流派にも伝えられたのである。

水軒三右衛門は心形刀流《しんぎょうとうりゅう》に、松岡大八は馬庭念流《まにわねんりゅう》に伝わる薙刀術を会得していたし、鷹之介も、宝蔵院流《ほうぞういんりゅう》に槍術を学んだ時、薙刀術を併せて修得したものだ。

水軒三右衛門は、

「薙刀の造りが小振りになったことで、いつしか奥向きの御女中などが警固のために使うようになり、今ではすっかりと女の武芸となり申した」

と言って、新宮家の老女・槇《まき》と、下女のお梅《うめ》を武芸場に呼び、

「この機会にひとつ、稽古をしてもらえばいかがですかな」

と、鷹之介に勧めた。

「なるほど、それはよい」

鷹之介は、それもまた励みになるであろうと二人に告げたところ、

「願ってもないことでござります」

「一度、習ってみたいと思っておりました！」

槇とお梅は喜び勇んで、屋敷を出て、武芸帖編纂所の武芸場へとやって来た。

これを聞きつけた若党《わかとう》の原口鉄太郎《はらぐちてつたろう》も、

「何卒《なにとぞ》、御稽古を拝見いたしとうござりまする」

と、願い出て許された。

「ふふふ、皆、楽しそうで何よりじゃな」

それらの光景が頬笑ましく、鷹之介はほのぼのとした想いになった。

将軍・家斉からのお召《め》しがあり、喜びに舞い上がったものの、加増の声がかりもなく、武芸帖編纂所の拡充の示唆もなく、薙刀の女名手を捜せとの下命を受けるに止まった。

そこに一抹《いちまつ》の寂しさはあったが、わざわざ自分に奥女中達の演武を見せ、直々に命を与えるなど、家斉の情を深く感じて幸せな想いであった。

家斉は何も言わぬが、今の暮らしの方が鷹之介にとっては、伸び伸びと武芸に触れていられるのではないかと気遣ってくれているのではなかろうか――。

鷹之介は、そのように捉えることにしたのである。

高宮松之丞を筆頭に、家の者達は主君・鷹之介が華々しい出世を遂げられていない現状を憂えている反面、家中総出で編纂所に関わっていられる楽しさを享受し始めているのも確かであった。

「これでも若い頃は薙刀の筋がよいと、お誉《ほ》めに与《あずか》ったものでございます」

槇はというと、己が薙刀を持参し武芸場に足を踏み入れるや、緊張気味のお梅を尻目に、

「やあッ！　とうッ！」

と、薙刀を振り回してみせ、

「うむ、確かに筋がよろしい」

大八に誉められて、ますます意気が上がった。

その勇ましい声は、新宮家の屋敷にまで響き渡り、

「何ごとでござる」

と、松之丞までもが編纂所にやって来た。

お梅はというと、

「わたしのような者が畏れ多うございます……」

武芸場の神々《こうごう》しさにはじめはすっかり気圧《けお》されていたが、若さゆえか、身のこなしに切れがあり、稽古用の薙刀を手にたちまち薙刀を揮《ふる》うこつを摑んだ。

これには鷹之介も嬉しくなり、

「お梅、そなたも筋がよいぞ。薙刀は力まかせに振るのではなく、しなやかな体の動きで操ればよいのだ」

思わず声をかけていた。

お梅はますます調子に乗って、

「こうで、よろしゅうございますか……」

巧みに体をしならせて、その反動で薙刀の刃を薙《な》いでみせた。

「うむ、一段とよい」

三右衛門も頷いた。

「そのように薙ぎ切れば、力が無《の》うても太刀を手にした男を倒すこともできよう」

槇も負けじと、薙いでみた。

「槇も大したものだ」

鷹之介は、新宮家の者達の武芸に対する熱い想いに触れ、ますます嬉しくなってきた。

「生憎《あいにく》、我が屋敷には奥向きも表向きもないが、槇とお梅がいれば安泰じゃのう」

鷹之介が囃《はや》せば、松之丞が、

「殿、お情けないことを申されますな。やがて当家にも、奥向きができるのは必《ひっ》定《じょう》。その時のために、両人とも励むがよいぞ」

強い口調で言った。

こうなると原口鉄太郎も、何やら一人蚊帳《かや》の外にいるような気がしてきて、

「とは申しましても、生兵法《なまびょうほう》は大怪我の元。いざとなれば、まず某《それがし》にお任せくださればようござりまする」

横合いから強がりを言った。

「生兵法とは何です！」

これに槙が嚙みついた。

「わたしはこれでも、先君・孫右衛門様から何度も手ほどきを受けた身。ふふふ、鉄太郎殿に後れは取りませぬぞ」

「これは異なことを申される。女子に負ける原口鉄太郎ではござらぬ」

鉄太郎もまた気色《けしき》ばんだ。

「女子を侮ってはなりませぬぞ」

「侮ってはおりませぬ。負けはせぬと申したまで」

「ならば、お手合せ願いましょうか」

「望むところでござる」

仮にもここは、公儀の役所である。さすがに松之丞は、これを見咎《みとが》めて、

「これ、場所柄をわきまえぬか！」

二人を叱責《しっせき》した。槇も鉄太郎も、はたと我に返って、

「申し訳ござりませぬ」

と、同時に頭を下げたが、

「いや、よい。今は薙刀について、あれこれと蘊蓄《うんちく》を傾けているところだ。薙刀と太刀の立合を見てみたい」

鷹之介はこれを許した。

考えてみれば、薙刀を稽古してから随分と日が経っていた。

薙刀と剣の立合を見て、薙刀術を今一度見つめ直してみたかった。

水軒三右衛門といい、松岡大八といい、幕臣が武芸帖編纂所に吏員《りいん》として付随しているわけではない。その気楽さが武芸場にはある。

三右衛門と大八もこの決闘をおもしろがっていて、鷹之介の許しが出るや、鉄太

郎に袋竹刀を渡し、三右衛門は楨に何やら囁いた。

段取りはあっという間に進み、大八が立会人を務めて、

「いざ！」

と、仕合《しあい》は始まったのである。

四

仕合の結果は、詳しく語るまでもない。

「楨殿、もしも強く打ってしまった時は、お許しくだされ」

などと恰好をつけた鉄太郎が、

「始め！」

と、大八が宣告するや、楨の一撃を脛に受け、あっという間に敗れ去ったのである。

どうやら三右衛門の耳打ちが利いたようだ。

「面目ござりませぬ……」

鉄太郎は口惜しがったが、

「うむ！　好い仕合を見せてもらったぞ」

鷹之介は、見所《けんじょ》で膝を打った。

剣術を修める者は、出端《でばな》を長物《ながもの》で狙われると弱いことを改めて知らされたのだ。

「つまり、まだ間合を計り切れておらぬうちに、遠間から脛を狙われると、剣で戦う者はなかなか応じられぬのだな」

と、鷹之介は講評した。

三右衛門と大八は、にこやかに頷いた。

「薙刀を極めると、女でも男をきりきり舞いにさせられるわけだ。槇もお梅も励んでくれ。それから、鉄太郎も己が弱みを知ったのは何よりのこと。時に薙刀を相手に稽古をいたすがよいぞ」

鷹之介はそのように告げて、三人を屋敷へと帰らせた後、

「あの二人でさえ少しばかりこつを教えれば、なかなかに薙刀を遣えるようになる……。思いの外《ほか》、女子で凄腕の薙刀遣いがいるやもしれぬな」

三右衛門、大八、松之丞といよいよ談合に及んだ。

大奥の女中達を黙らせるほどの術《わざ》を修めた女武芸者をどこで見つけるか――。

それが議題である。

こういう時は、やはり武者修行で方々を巡った水軒三右衛門と松岡大八の心当りを辿《たど》るしかない。

しかし、さすがの二人も薙刀の遣い手で思い浮かぶのは男の武芸者ばかりで、女となるとこれという者が思い浮かばなかった。

男で薙刀を極めんとする者には求道者が多く、独り者ばかりで、妻や娘に伝授したという形跡も見当らなかった。

三右衛門が編纂方として鷹之介に付属した折、彼が持参した書付には滅びかけている武芸流派などが思いつくままに記されていたのだが、そこにも薙刀の記述はなかった。

「薙刀の名人は、きっとその辺りにいるはずでござるが、女子は武芸を嗜《たしな》みとして、己が強さを世間に誇りたがらぬ。それゆえ、見つけ出すのは難しゅうござりまするぞ」

三右衛門は嘆息した。

「うむ。三殿の言う通りじゃな……」

鷹之介も腕組みをした。

女の武芸は、家を守るための最終手段である。その武芸を他所で披露するのは恥ずべきことなのだ。

「大名家の奥向きに仕える別式女を召し出すというのは、いかがにござりましょう」

大八が口を開いた。

別式女は女ばかりの奥向きに仕える武芸者で、奥向きの警衛、婦人の身辺警固、奥女中達の武芸指南に当る。

これを有する大名家は少なくない。

この度のことは将軍家の望みであるのだから、召し出すように申し伝えれば、その中にはきっと薙刀の遣い手もいるはずだと、大八は言うのである。

「さて、それは難しゅうござるな」

松之丞が唸った。

「当家には別式女がおりまする、そうはっきりと応える御家はありますまい。奥向きのことはご公儀に知られとうはないはず……」

別式女は奥向きに仕えるゆえ、大名家の秘事に触れることも多かろう。

それを公儀に差し出せば、少なからず内情が露見する。

「当家には、別式女と言えるような女中はおりませぬ」

と、取り繕うに違いないと、松之丞は言うのだ。

「なるほど……」

大八は神妙に頷いた。

「さすがは高宮殿じゃな。世の中に通じておいでじゃ」

三右衛門は、松之丞を称えると、

「それに大八、公儀の威光を振りかざすとなれば、武芸帖編纂所の面目がなくなるではないか」

「そうであった。頭取の力で見つけ出さねば詮《せん》なきことであったな」

大八は、素直に頭《こうべ》を垂れた。

鷹之介は、大八を労《いたわ》るように、

「と言って、別式女を新たに見つけ出すとなれば、これもまた雲を摑むような話だ。

さて、どうしたものか……」

と、首を捻った。

一同はしばし沈黙した。

するとそこへ、編纂所に寄寓しつつ、武芸帖の目録の整理などを手伝っている中《なか》田郡兵衛《たぐんべえ》が、書庫から武芸場へとやって来て、

「さて、こ度は薙刀の達人捜しですかな」

と、のんびりとした口調で言った。

大八は、その物言いが気に入らぬようで、

「話は既に、おぬしの耳にも入っておろう。世に薙刀の達人は多けれど、女となればなかなか見つからぬのじゃよ」

少し咎めるように言った。

郡兵衛は首を竦《すく》めて、

「今の世に、巴《ともえ》御前はおりませぬか」

芝居がかった口調で言った。

源平合戦に名高い、旭将軍・木曽義仲《きそよしなか》の愛妾・巴御前を持ち出すなど、いかにも

軍幹《ぐんかん》の名で読本《よみほん》など書いている郡兵衛らしい。

巴御前は武勇に知られた女武芸者であったという。

荒馬を乗りこなし、大力で強弓《こわゆみ》を引いたと伝えられている。

「ふふふ、そうじゃ。その巴御前を捜しているのじゃよ」

三右衛門はふっと笑ったが、

「おお、そう言えば……」

何かに思い当ったようで、すぐに真顔になった。

「おれも思い出したぞ……」

大八がこれに反応して、

「巴流であろう」

「うむ、まさしく巴流じゃ。まったく物覚えが悪うなったものよ」

三右衛門は、ぴしゃりと己が額を叩いてみせた。

「巴流……？　薙刀術の流派であったかな？」

鷹之介が問うた。

三右衛門は頷いて、

「左様にござる。もっとも、巴型の薙刀を遣う流儀を総じてそう呼ぶようでござりまするが……」

薙刀の形には、巴型と静《しずか》型がある。

巴型は反りが浅めで長い。反対に静型は、反りが深めで短いのが特徴である。

巴の名称は、巴御前からきているのであろう。

「その巴流薙刀術の指南をしている者がいて、これが女であったと聞いたような……」

首を捻る三右衛門に、大八もまた相槌を打って、

「確かにそうであった。見くびるつもりはないが、女師範と聞いて、わざわざ立ち寄るまでもないと今まで気にも止めなかったのだが、さてどうであろう」

「腕のほどはいかなものかな……」

鷹之介が問うと、

「師範は、大原《おおはら》某と言いまして、確か三千石の高家《こうけ》の出とか。その威を借りて、武家娘を集めて薙刀を指南しているそうにござりまするが、嫁入り前に礼儀作法を学ぶ、習いごとのようなものだとか」

大八は、こともなげに言った。

これには三右衛門も苦笑いで、

「それゆえわしも、訪ねようとはせなんだのじゃ」

「そこに巴御前はおらぬか」

鷹之介はふっと笑った。

「いや、それはまず訪ねてみねばわかりますまい」

すると、高宮松之丞が言葉に力を込めて言った。

一同は呆気に取られて、松之丞を見た。

「爺ィも聞き及んでいるのか?」

「その大原様で思い出しました。何でも、これから奥勤めに上がる娘達がこぞって門を叩くとか」

大原家は、由緒正しき家柄である。幕府において、様々な儀式典礼を司る高家であるから、それなりの権威を誇っている。

ここで薙刀を習っておけば、後々都合がよかろうというのであろう。

「そんなところに、凄腕の女武芸者がいるとも思えぬが……」

鷹之介は苦笑した。

高家の出で凄腕をもって知られれば、既に将軍家の耳に届いているだろう。三右衛門と大八が言うように、訪ねるまでもなかろうと鷹之介も思うのだ。

しかし松之丞は、引き下がらなかった。

「上様のお耳に届いていないのは、今まで別式女など不要だと思われて、誰もお耳に届けようとしなかったからではござりますまいか。いつかお耳に届く前に、殿の口からお伝えになるのが何よりかと存じまする」

しかつめらしい顔で進言すると、

「大原様は、なかなか抜け目のないお方だとお聞きしております。師範は大した武芸者でなくとも、師範代に滅法《めっぽう》強い女子を雇い、稽古を見させているのかもしれませぬぞ」

と、力説した。

つまり、弟子を集めるためにあれこれと手を打っているのではないかというのだ。

「まず、お声をかけられた方がよろしゅうございましょう」

いつになく、有無を言わさぬ松之丞の口調に気圧されて、

「なるほど、爺ィの言うことにも一理ある。〝おんな薙刀〟の遣い手を雇っているかもしれぬ。他に訪ねるべきところもないのだ。まず訪ねてみるか……」

鷹之介は、三右衛門と大八に頷いてみせた。

ほっとした表情で何度も頷いてみせる松之丞の横で、

「いやいや、この江戸に巴御前がいるとなると、これはおもしろそうにございますな。うむ、何かひとつ書いてみましょうかな……」

中田郡兵衛は興味津々たる様子である。

五

その〝おんな薙刀道場〟は、神田佐久間町《かんださくまちよう》にあった。

北には下谷《したや》の武家屋敷街が広がっていて、武家娘が通うにはちょうどよい立地である。

ここを訪ねるに当って、水軒三右衛門と松岡大八は、

「頭取はおやさしゅうござりまするな」

と口を揃えて言った。

二人には、高宮松之丞が是非にも大原道場を訪ねるべきだと言った理由がわかる。

松之丞は道場に凄腕の女武芸者がいようがいまいが、高家として権勢を揮う、大原家に対して気遣いを見せるべきだと言いたかったのだ。

武芸帖編纂所が薙刀術について調べるに当って、まず大原道場を訪ねたとなれば、ほんの少しでも大原家に恩を売れるのではないか、これによってお近付きになれるかもしれない。

さらに深読みをすれば、若く凛々《りり》しき旗本・新宮鷹之介を、大原家出身の女師範が気に入らぬはずがない。

場合によっては良縁が転がり込んでくるかもしれないと、期待を寄せているのではないか——。

鷹之介は、こういった世渡りが苦手であるはずだ。面倒そうな女師範と関わるなど何よりも嫌であろうに、老臣・高宮松之丞のたっての願いとなると、無下にも出来ず受け入れた。

そこが、やさしいと言うのだ。

「いや、それほどのものではござらぬよ。爺ィの顔を立ててやったのは確かだが、彼の者が言うように、もしや凄腕の師範代を雇っているやもしれぬ。百聞は一見に如《し》かず。そう思うたまでのこと……」

新宮屋敷を出て、ここまでの道中、鷹之介はそう言って何度も頭を掻いた。

将軍家斉のお声がかりで、薙刀の女名人を捜している——。

松之丞は、そのように伝えるべきだと言ったが、鷹之介はそれを却下した。

徒《いたず》らに将軍の命であるなどと、言うべきではない。この度のことは、あくまでも武芸帖編纂所の務めとして稽古を見せてもらいたいと言うべきであろう。

師範は、大原雪枝《ゆきえ》という三十過ぎの武芸者であるという。

下調べをすると、権門《けんもん》の出であることを誇り、気位の高い女らしい。

鷹之介は公儀武芸帖編纂所として、巴流を武芸帖に収めたく、稽古を拝見仕りたいと、まず高宮松之丞を遣いに立てた。

「くれぐれも余計なことを言わぬようにな」

この時ばかりは、鷹之介も厳しい表情で松之丞に迫ったものだ。

さすがに松之丞も出過ぎたことをしたかと考え直し、粛々と段取りを進めたのだ

が、雪枝からの返答は、

「稽古を見たいというならば、見せて進ぜるが、当方の指図に従ってもらいたい」

とのことであった。

道場訪問にあれこれ期待を持っていた松之丞も、武芸帖編纂所など何ほどのものでもないというような扱いをされたのであろう、

「道場は大層賑わっておりまするが、なかなかに気難しそうな御仁でございました」

鷹之介への報告は、歯切れが悪かった。

松之丞としては、あれこれ利点を考えて大原道場訪問を勧めたのだが、どうも見当違いであったような気がして、一気に熱が冷めたようだ。

それみたことかというところだが、

「まずこれも務めである」

と、特に何も問わず、三右衛門と大八を従えて出かけたのだ。

その辺りの鷹之介の態度も実に潔く、老臣への労りに溢れていて、三右衛門と大八は、

――真によい若殿だ。

と、感じ入っていた。

元々、乗り気でなかった三右衛門と大八であるが、百にひとつかも知れぬが、凄腕の師範代がいるかもしれないのだ。鷹之介を思いやって、

「まず恐いもの見たさというところでござりますな」

「これといって見るべきものがないようでしたら、すぐに退散いたしましょう」

にこやかに語らいながら、神田佐久間町への道を歩んだのである。

道場は表通りから一本奥へ入ったところにある、武家屋敷のような造りであった。五十坪ぐらいはあろうか。瓦屋根のある木戸門の前に立つと、中から女達の勇ましい声が聞こえてきた。

その様子から推し測ると、弟子は二、三十人はいるのではないかと思われる。

「中にはこれという者もいるやもしれませぬぞ」

大八に励まされて門を潜ると、二十歳くらいの女の弟子二人が鷹之介たちを出迎えた。

この日、鷹之介は三右衛門と大八にも紋服の着用を命じ、若党の原口鉄太郎、

中間《ちゅうげん》の平助《へいすけ》を供に従えていた。

「これは、お待ち申し上げておりました……」

弟子二人は鷹之介が思いの外《ほか》に若く、きりりとした侍なのに驚いたのであろうか、ぽっと頬を赤らめて稽古場へと請じ入れた。

稽古場は三十坪ばかりの広さで、通された見所には朱塗りの欄干が設《しつら》えてあり、御簾《みす》で鷹之介達の姿は見えぬようになっていた。

女ばかりの稽古場ゆえの配慮であろうが、全体に取り回しが大仰で格式張っていて、どうも居心地が悪かった。

隅に鉄太郎と平助を控えさせ、鷹之介は三右衛門と大八を従え、見所に雪枝を待った。

稽古場を見ると、大勢の武家娘達が型の稽古をしていたが、皆一様に美しい小袖姿で、中には振袖を着ている者もいる。

鷹之介が席に着くと、すぐに稽古は中断して弟子達は一旦姿を消した。

そして、弟子に傅《かしず》かれた師範の雪枝が現れた。

花柄の小袖に打掛《うちかけ》を羽織り、裾《すそ》を引いた出立《いでたち》は、身分高き奥向きの女中を思わせる。


真に武芸場には不似合いな姿に、鷹之介達は呆気にとられた。

不似合いといえば装束だけではなく、雪枝の肉付きのよすぎる体型もまた、武芸の師範のそれではない。

顔は丸く、小さな鼻は上を向き、唇はぶ厚い。

見ようによっては愛嬌があるのだろうが、高慢さが漂う風情にあっては、それも憎々しげに映る。

まだ年若の鷹之介であるが、貴人の側近くに仕えていただけに、気位の高い人間は一見してわかる。

澄まし顔で鷹之介の前に座した雪枝は、毛穴からその気配が放たれていた。

自分とて、公儀武芸帖編纂所頭取として、小さくとも一役所の長である。

市井の一道場に訪ねて来てやったのだ。崇《あが》め立てろとは言わぬが、まずそちらから物を言うべきであろう——。

そのような想いに捉われたが、ここは淡々とことを済まして、早く仕事を終らせたかった。

「武芸帖編纂所頭取、新宮鷹之介でござる」

まず自分から名乗った。

「雪枝にござりまする……」

雪枝はやはり尊大な物言いをしたが、三十を過ぎた〝行かず後家〟であっても、先ほどの弟子達と同じで、鷹之介の爽やかな若武者ぶりには心惹かれたのか、

「よくぞお越しくださいました」

彼女にとって、精一杯の笑顔を向けた。

それがまた何とも不気味で、三右衛門と大八は思わず下を向いた。

大したことのない道場であるのは、雪枝を見ただけでわかる――。

武芸者二人は、妙な色気を出した高宮松之丞を恨んだ。

しかし、鷹之介はそれでもまだ、望みを捨てていなかった。

雪枝が師範といっても飾り物に過ぎぬのは、明らかである。

だからこそ、松之丞が言うように凄腕の師範代がいるかもしれないではないか。

「武芸帖編纂所などという御役所はまったく存じませなんだが、このように稽古を見て廻る御役にて……？」

雪枝が問うた。

お前らごとき役人に、何の遠慮がいるものか――。

言葉にはそんな険が含まれている。

「いえ、日の本のあらゆる武芸の謂《いわ》れを書き記し、その神髄《しんずい》を確かめる役所にござる」

鷹之介は低い声で言った。

「それはまた御苦労なことにございまするな」

いちいち言うことが癇《かん》に障る女である。

「因みに、こちらの稽古場に師範代はいるのでしょうか？」

鷹之介は、すぐに核心を衝《つ》かんとした。

「師範代とな？」

雪枝は上向きの鼻をますます天に向けて、

「おりまするぞ。これがなかなかの腕前にて、殿御が何人かかったとて薙ぎ倒すほどでございまする」

「ほう、左様で……」

鷹之介は身を乗り出した。

「わたくしよりも、少しばかり強いかもしれませぬな」

雪枝の物言いからすると、かなり強いのかもしれない。

「ならば早速、稽古を拝見仕りとうござる」

鷹之介は膝を進めたが、

「それはなりますまい」

雪枝は短い首の上で、丸い顔を横に振った。

「何ゆえになりませぬ？」

「今日はちと、弟子の集まりも悪うござりますし、わたくしの体の具合も優れませぬ」

お前の稽古を見たいわけではない——。

鷹之介はその言葉を呑み込んで、

「いや、されど、幾日もお手を煩《わずら》わせるのもいかがなものかと……」

「先だって遣いの人に、稽古を見るのはよいが、当方の指図に従っていただきたいとお伝えいたしました」

「それは、まあ……」

「幾日、お越しいただいても構いませぬ。頭取は、それがお務めなのでございましょう」

「とは申せ……」

「今日はまず、色々と武芸談議に花を咲かせようではございませぬか」

雪枝は、細い目を糸のようにした。

高宮松之丞は、武芸帖編纂所がまず大原道場を訪ねたら、大原家に恩を売れるのではないか。若く凛々しき旗本・新宮鷹之介を、女師範が気に入らぬはずはない――。そのように読んだのだが、どうやら雪枝に気に入られたことだけは確かであった。

六

その日は武芸談議というより、一方的に自慢話を聞かされるはめになったが、鷹之介は止《や》むなく翌日も大原道場へ出向いた。

「これは、お待ち申し上げておりました」

昨日と同様、見所に通された鷹之介一行を雪枝が迎えた。

この日も小袖に打掛姿で、白地に花柄を施した小袖は一層華やかであった。

彼女が姿を現した途端、水軒三右衛門と松岡大八が下を向いて咳払いをした。

笑いを堪《こら》えているのは明らかだ。

昨日、赤坂丹後坂の武芸帖編纂所に戻ってからのこと。

「いかがでござりましたかな……」

緊張に震えながら、高宮松之丞が成果を訊ねた折。

大原雪枝について、三右衛門が、

「まず、雪の枝というよりも、雪だるまでござったな」

と言ったのが、一同の笑いを誘った。

さすがに松之丞だけは苦虫を嚙み潰したような表情を浮かべていたが、大八は笑いのツボにはまったらしく
「はははは……、わァッ、はッははは……。三右衛門……そんなことを言うと、ははは、今度顔を合せた時、笑うてしまうではないか……」

しばしの間、笑い転げていたのだ。

今日、雪枝は鷹之介の前でよい恰好をしたいのか、昨日よりも尚艶やかな小袖を着ていたのだが、白地が生え、雪枝をますます雪だるまに見せていた。

——よい気なものだ。

鷹之介は、自分の後ろで畏まるふりをしながら、下を向いて笑っている三右衛門と大八が恨めしかった。

鷹之介とておかしいのだ。一人笑いを堪えるのはなかなかに厳しい。

「さて、今日はお稽古を見ていただきましょう」

口をすぼめながら喋る雪枝が雪だるまに見えてきて、言っていることがしっかりと頭に入ってこない。

懸命に奥歯を嚙みしめている様子を見て、

「頭取も、どこかお具合が悪いのでは?」

それを聞いて、三右衛門と大八は平伏するように畏まり、笑いをごまかした。

「早速、稽古を拝見いたしとうござる」

鷹之介は、とにかく雪枝を稽古場に行かそうと水を向けた。

「左様でござりましたな。いざ……！」

雪枝は見所から稽古場に下り立った。

稽古場の板間には、三十人ばかりの武家娘が控えていた。

いずれも昨日見たのと同じく、皆美しい小袖、振袖を着て、稽古用の薙刀を小脇に抱えて整列していた。

稽古場から見所は御簾によって隔てられていて、弟子達からは鷹之介達の姿はほとんど見えない。

門人が女ばかりということで雪枝が気遣ったのであろうが、鷹之介達にとってはありがたかった。

これで少しは笑っていられるというものだ。

「お訊ねになりたいことがあれば、声をかけてくださりませ」

武芸談議と称してくだらぬ話をしてくる時は、猫撫で声を発するが、弟子の前では切口上《きりこうじょう》になる。

鷹之介は辟易《へきえき》としながらも、

「凄腕の御師範代はいずれに……？」

と、問うたのだが、

「師範代？」

雪枝はむっとした表情となり、

「牡丹《ぼたん》殿のことですか？」

師範代は牡丹というらしい。

「どなたかは存ぜぬが、男が何人かかったとて、それを薙ぎ払うという御方にござる」

「その者が牡丹でござりまする。今は生憎、出稽古に行っておりましてな」

「おられぬとな」

「牡丹がおらねば不足じゃと？」

「不足でござる。師範から強い師範代がいると聞かされては、その術もまた拝見仕らねば公儀武芸帖編纂所としては、お上に申し訳が立ち申さぬ」

鷹之介は、ぴしゃりと言った。

何かというと大原家の威光を笠《かさ》に着る雪枝のような手合は、裏返せば権威に弱いものだ。

〝公儀〟、〝お上〟をちらつかせて、役人の口上を述べた方がよいと思ったのだ。

弟子の薙刀女達の顔がぽっと華やいだ。

御簾内の頭取が凛とした若侍であることが、その声でわかったからだ。

しかも、日頃はこの弟子達も雪だるまを快く思っていないのであろう。鷹之介の物言いが心地よかったのに違いない。

それは当を得ていた。

雪枝はたちまち和らかな口調に戻り、

「左様でござりましたな。こ度は、我が巴流大原道場を御公儀の武芸帖に記したいとの仰せにござりました。となれば、牡丹の術もお見せいたさねばなりませぬな」

ゆったりと頷いてみせた。

しかし、牡丹は出稽古のために、外出をしているのは確かなようで、

「そう焦らずに、じっくりと何日か見てくだされればよろしかろう。やがて牡丹も参りまする……」

そう言われると是非もない。

——何日も見ていられるものか。

と思いつつも、

「ならば、後日きっと……」

受け入れるしかなかった。

「まずお待ちのほどを」

雪枝は、再びいつもの口調に戻った。

公儀の役所が当道場の検分に来ている。それを門人の前で誇りたかっただけなのかもしれなかった。

雪枝は、鷹之介に憧れる娘達を睨みつけて、

「構えよ！」

と、叫ぶように号令をかけた。

門人達は一斉に薙刀を構えた。

「型稽古、始め！」

雪枝の号令で、女達は一斉に型稽古を始めた。

雪枝もまた、初めの何本かは自ら薙刀を振ったが、稽古着に着替えることもなく、打掛を羽織り、裾を引いたままでの演武であった。

それからそれぞれ二人一組となって、相対稽古になった。裾と袖を巧みに捌《さば》きながら薙刀を振る姿は舞のように美しいが、実戦的ではない。

雪枝は一通り稽古を見ると、見所に上がり、鷹之介を見て、

「いかがでございますか？」

澄まし顔で言った。

いかがも何もない。

三右衛門と大八は、

「これは遊びでござりますな」

「いわば、薙刀を持ち道具にした舞でござる」

と、御簾の内で、そのように論評していた。

鷹之介も同意である。

先日、江戸城に召されて見た、奥女中達の薙刀稽古を思い出させる内容であった。

とはいえ、鷹之介も酷評は控えた。

師範代の牡丹を見るまでは、当り障りなく振舞わねばなるまい。これも務めなの

である。

「動きは美しゅうござるが、いざという時に存分な働きができますかな」

控えめに問うてみた。

雪枝はふっと笑って、

「このような恰好で曲者《くせもの》と斬り結べるか？　そのように思うておられるのですね」

恰好もさることながら、技の切れが既に武芸ではない。遊芸であるのだ。それでも鷹之介は、

「まず、そんなところで……」

ひとまずは言葉を濁した。

「ほほほ、殿方の考えそうなことにござりまするな」

雪枝は悦に入って笑った。

「奥向きにお仕えするお女中は、日頃から着飾っておりまする。それゆえ、振袖を着ていても、裾を引いていても、曲者が現れたならば、その姿で戦わねばならぬのです。日頃から身形《みなり》を整えた上で稽古をいたさねば、いざという時は役に立ちますまい」

それは確かに理に適っている。

将軍の御台所《みだいどころ》に傅く女中が、武芸場で着するような稽古着姿でいるわけにはいかない。

いざとなれば甚だ動きにくい衣裳のまま戦わねばならぬのであろう。

だが、そうであるからこそ、いざとなれば目にも止まらぬ速さで裾をからげ、襷《たすき》を綾なす敏捷さが稽古の中に求められるのではなかろうか。

とはいえ、そんな話を持ち出して、雪だるまと論争する気にもならなかった。

ひとまず立合を見ようと、

「ならば、立合においても、今の姿に防具を着けるのでござるかな」

話を先に進めた。

「左様でございますが、立合は三日に一度くらいしかいたしませぬ」

「三日に一度？　それでは大した稽古にもなりますまい」

鷹之介がさらに問うと、

「それでよいのです！」

雪枝は癇を立てた。

「頭取、よろしゅうございますか。これは女子の武芸なのです。立合などを毎日いたすと、体に疵《きず》が付くではありませぬか」

「それゆえ防具を着けるのではござらぬか」

「防具を着けたとて、このような長い稽古用の薙刀で打ち合うのです。怪我をせぬとも限らぬではありませぬか。小袖の下に隠れていればよいが、手の甲や首筋などに痣《あざ》が残れば何とします」

「武芸などというものは、傷のひとつも負わねば強うはなりませぬぞ」

「強くならずとも相手を倒せる。それが薙刀術の極意です」

「強くならずとも相手を倒せる？」

「左様。そもそも薙刀はそのようにできております」

「長物ゆえ、刀には勝てると？」

「さすがは頭取、ようおわかりじゃこと」

見下した物言いに鷹之介は気色ばんだが、ぐっと堪えて、

「刀術を甘く見てはなりませぬぞ。薙刀の間合を見切り、懐に入れば薙刀は長物ゆえ、かえって不利になる」

「それも相手が一人ならば……」

「奥女中が薙刀を手に、束になってかかれば、容易う仕留められると？」

「さすがは頭取……」

「さりながら曲者は一人とは限らぬはず」

「何人もいては困ります。そもそも奥に曲者が忍び込まぬように警固をするのは、殿御の務めにござりましょう」

そう言われると、小姓組番衆であった鷹之介は頷かざるをえない。

「あの厳しい警固をかい潜って、大勢の曲者が現れるはずはござりませぬ。あったとすれば、それはもう戦でござりましょう」

奥向きに敵兵が押し寄せる時は、落城を意味している。戦時となれば、どうせ女の兵法など役には立たぬと、雪枝は達観しているようだ。

「頭取、貴方の知る限りで、大奥に曲者が忍び込み奥女中と斬り結んだことが、一度でもありましたか？」

「それは、ござらぬ」

「ありえぬことのために、奥女中が体を痣だらけにして稽古をする謂れはござりませぬ。いざとなれば、数を恃《たの》んで薙刀で攻めかかれば、相手も堪えようがない。一人二人は命を落とすやもしれませぬが、それは覚悟の奥勤め。女中の替えは何人もおりましょう」

稽古場では、相変わらず舞のような型稽古が続いていた。

門人達に罪はない。武家の娘として薙刀を修めんとして入門してみれば、このような考えを持った師範に巡り合ったのだ。

権門の出であるだけに、ただ言われた通りにしていればよいと、彼女達は信じているのであろう。

鷹之介には、何ともそれが切なかった。

言いたいことは腹の底から湧き上がってきたが、相手は三十を過ぎた女だ。いまさら性根も考え方も変わるまい。

――これが自分に与えられた役儀なのか。

ついそこに想いが行ってしまう。

希望に溢れた正月も、気がつけば新たな月に替っていた――。

七

新宮鷹之介は、大原道場を出ると、その足で供連れを率いて深川《ふかがわ》に向かった。

夕闇が辺りを色濃く染めていくのには、まだ間があった。深川へ着く頃には、酒を飲むにちょうどよい時分になっているだろう。

心は千々《ちぢ》に乱れていたが、己が憂さを酒で晴らそうと思ったからではない。

供の原口鉄太郎と平助は、新宮家の奉公人であるから仕方がないが、水軒三右衛門と松岡大八は編纂所の吏員とはいえ、立場は客分である。

風変わりで口が悪く、一癖も二癖もある三右衛門と大八であるが、鷹之介は武芸者としての二人を尊敬していた。

浪人の身で生きてきたすべての刻《とき》を、武芸修得にかけてきた者への賛辞は、絶えず胸の内にある。

この二人を、あの雪だるまの道場に付合せたのである。相応の労《ねぎら》いはせねばならぬと思ったのだ。

三右衛門と大八の二人には、この若殿の想いが手に取るようにわかる。

「お気遣いはありがたいが、お気になさることもござらぬ。これでこの三右衛門も、なかなかに笑わせてもらいましたゆえ」

と、三右衛門が言えば、

「あの雪だるま師範には辟易としたが、昔を思えば、身すぎ世すぎのために、もっとくだらぬ道場や武芸場に足を運んだこともござりました……」

大八もからからと笑った。

「とは申せ、ここで深川へ繰り出すのは嬉しゅうござる。赤坂丹後坂に帰れば、きっと松之丞殿が暗い顔をして、〝凄腕の師範代はいかがでござりましたかな〟などと問うてくるに違いござらぬ」

三右衛門は、高宮松之丞の口真似をしてみせた。これには鷹之介も笑うしかない。

「凄腕の師範代は出稽古に行っていたゆえ会えなんだ、などと言うと、爺ィはますますしょぼくれてしまいそうだ……」

その姿を見るのが嫌で、間を空けたくもあったのだ。

ひとまず鷹之介達は、永代寺《えいたいじ》門前の〝ちょうきち〟という、このところは武芸帖編纂所行きつけの料理屋に入った。

〝ちょうきち〟で一杯となれば、三味線芸者の春太郎《はるたろう》が付きものである。

店の主が気を利かせて店の者を走らせると、

「ああ、いつも俄《にわか》な呼び出しで困りますよ。他所《よそ》を断るのが大変でございましたよう」

ぶつぶつ文句を言いながら、春太郎が座敷にやって来た。

売れっ子だけに、絶えずお座敷がかかっているから、いきなり来いと言われて来れるものではないのだ。

それでも、春太郎の口許は綻んでいる。

この席は彼女にとって楽しいお座敷なのだ。

春太郎は芸者であるが、角野《かどの》流手裏剣術を継ぐべき武芸者でもある。

父・富澤秋之助《とみざわあきのすけ》が生前に絡んだ騒動に巻き込まれた折、鷹之介には助けられた恩義があり、三右衛門とはこの店で飲み比べをした忘れられぬ思い出がある。

ここへ来ると、己が実家に帰ったような気になるのだ。

それゆえ武芸帖編纂所の宴に呼ばれると、どこにいようが、駆けつける春太郎であった。

「今日はまた、何か大変なことでもありましたか？」

早速、遠慮のない口を利く春太郎に、

「ああ、大変過ぎて笑ってしまうことがあってな。うちの両先生を労っているところなのさ」

鷹之介はおどけてみせた。

清廉潔白で、遊びよりも務め第一に歩んできた新宮鷹之介に、唯一寛《くつろ》げる宴席が出来ていた。

鷹之介は、将軍家斉からの直々の命であることは伏せつつ、

「手裏剣、鎖鎌の次は、薙刀というわけだ」

とだけ伝えて、〝雪だるま〟の話を春太郎に話してやった。

春太郎には殊《こと》の外《ほか》受けた。高らかに笑って、

「さて、その凄腕の師範代が見ものですが、どうせ曲者が奥向きに忍び込むことなんぞあるまいと高を括っているとは、なめた女でございますねえ。さぞかしやんごとなきお人で、つんつんぷんぷんしている内に行き遅れちまったんでしょう。はは

は……」

「春太郎、お前はよう人が見えるようじゃな。まったくその通りじゃ」

三右衛門は深く相槌を打つと、

「薙刀の師範と、手裏剣の師範……。明らかに春太郎の方が腕が立つというのに、お前はあれこれ苦労じゃのう」

「よしておくんなさいまし。わっちは師範なんかじゃあ、ありませんよ。でも、その雪だるま姫には、何が起こるかわからないのが世の中だとちょいと思い知らせてやりとうござんすねえ」

鷹之介は、春太郎の言葉に大きく頷いた。

「何が起こるかわからぬのが世の中か……。うむ、そうだな。世の中に安泰などあり得ぬのだ。高を括るなど、とんでもないことだ……」

春太郎の父・秋之助は手裏剣術を求道して、道半ばで果てた。春太郎は秋之助が芸者との間に儲けた子であるが、ここまでくるにはどれだけの辛酸《しんさん》を嘗《な》め、危険にさらされたか知れぬ。

鷹之介とてある日突然、父の討ち死にに直面し、一喜一憂の日々を送っていたのだ。

「あの雪だるまめは、武芸を何と心得るか……」

鷹之介は大原道場などに通っている自分が情けなくなっていたが、これも務めと堪えてきた。

もしや、凄腕の師範代がいるのではないか——。

ただただそれを心の糧としてきたが、考えてみれば、その師範代が腕利きであったとしても、大奥に別式女として送り込めばますます雪枝は増長するであろう。

酒に酔ったせいではない。

鷹之介は、体中に怒りが湧いてきた。

「鷹の旦那、わっちは何かご機嫌を損ねちまいましたかねえ」

寛いで軽口を叩いていたかと思うと、俄に無口になった鷹之介を見て、春太郎はニヤリと笑った。

武芸者であり、三味線芸者でもある春太郎は、男の気持ちを解するに敏であった。

機嫌が悪いのではなく、若武者が内に秘めた熱情を爆発させんとしている様子は明らかであったが、そこを少しからかいたくなるのが春太郎の身上《しんじょう》なのだ。

そして、その一言が鷹之介をますます熱くする。

「春太郎、からかうな。おれは機嫌が悪いのではない。お前と飲んでいると、元気が湧いてきて暴れたくなる。今はそれを堪えているだけだ」

鷹之介はそう言うと大杯を干し、

「両先生、苦労をかけるが、明日もう一日だけ、あの雪だるまの道場に付合うてもらいたい！」

と、勢いよく三右衛門と大八に向き直ったのである。

そうして、その勢いを保ったまま屋敷へ戻ると、

「殿、本日の首尾はいかがにござりましたか……」

おろおろとして出迎える松之丞をきっと見て、

「爺ィ！　明日もう一度出かける。それで終りにいたす。よいか！　三百俵とて、この新宮鷹之介は上様へのお目通りが叶う直参《じきさん》旗本。高家がなんだ！　大原がなんだ！　誼《よし》みを通じようなどと、下卑《げび》た考えを持つでない！」

ぴしゃりと叱りつけた。

「ははッ！　恐れ入りましてござりまする……」

松之丞はいつにない鷹之介の迫力にすっかりと気圧され、平蜘蛛のように玄関で畏まると、しばしその場から動けなかった。

彼の体は小刻みに震えていた。

ろくに調べもせずに、大原家との今後の付合いに想いを馳せ、鷹之介に大原道場訪問を勧めた身を恥じただけではない。

「前《さき》の殿に怒鳴られたかと思うた……」

鷹之介の怒りようが先君・孫右衛門にそっくりで、それがこの老臣を堪らないほどに感動させていたのである。

八

「頭取は大きゅうなられたな」

水軒三右衛門が、松岡大八に囁いた。

「まだ若いゆえ、背も伸びるかもしれぬぞ」

「たわけが。男として大きゅうなられたということじゃよ」

「なるほど……」

翌日になって、この日もまた大原道場へ出向く新宮鷹之介に従って、二人は神田佐久間町へと向かっていた。

昨日は深川で芸者・春太郎によって、荒ぶる心に火を点けられた鷹之介であった。

その勢いは屋敷に戻っても衰えず、そっと門の外から窺うと、玄関で高宮松之丞を強い口調で叱責《しっせき》している声が聞こえてきた。

それが今日になって鷹之介は、いつものやさしげでにこやかな表情を崩さず、淡々とした風情で屋敷を出た。

その際には、

「爺ィ、行って参るぞ」

老臣に声をかけることも忘れなかった。

「今までもやさしい人であったが、そこに厳しさがほどよく付くようになったということじゃ」

三右衛門はそのように鷹之介を評した。

「なるほど、やさしさは大事だが、時には狂わんばかりに怒ることも人の上に立つ者には大事だというのだな」

大八は、この日も三右衛門の言うことを素直に聞いていた。

「左様。そして怒ったことはすぐに忘れてしまう……」

「その程合いが、ようなったな」

初老の武芸者二人は、こそこそと話しつつ若き頭取の成長ぶりを観察していた。

この泰然自若とした鷹之介が大原雪枝に対してどう出るか、それを見るのが何よりの楽しみとなった。

この日もまた見所に通された鷹之介一行は、いよいよ師範代の牡丹に会えた。

「これが師範代の牡丹にござりまする」

雪枝に紹介され、軽く一礼する牡丹は、雪枝と実によく似ていた。

どう見ても妹か従妹といったところであろう。

大原家の一族から薙刀の師範を世に送り出し、それをもって、利権のひとつとするつもりなのか――。

そんな想いが巡ったが、鷹之介は涼しい顔で、

「大層な腕前とお聞きしております。是非後学のために、御師範との立合を拝見

仕りとうござる」

と、持ち上げるように言った。

雪枝は満更でもない顔をしたが、

「立合はいたしとうござりませぬ。たってと言うなら、二人で型を演武いたしましょう」

ここにいたっても、立合を拒んで型稽古を見よという。

三右衛門はもう呆れ返って怒る気にもなれぬようで、憮然たる様子の大八に、

「牡丹というより、ぼた餅だな」

と囁いた。

「左様でござるか。ならばまず御師範代一人にて、願いとうござる」

鷹之介は相変わらず、顔色ひとつ変えずに言った。

雪枝と型を演武すれば、雪枝に気遣い、彼女の実力に合せて手加減するやもしれないと思ったからだ。

それでは牡丹の真の実力は見え辛い。

「よろしゅうござります。牡丹殿……」

雪枝は促した。

牡丹は一礼すると、薙刀を手に、

「やあッ！　とうッ！」

と、演武を始めた。

雪枝はそれを、目を細めながら見ている。

鷹之介は、牡丹が五本ほど技を見せたところで、

「よろしゅうござる」

と、演武を止めた。

「お誉めをいただいたようじゃ」

雪枝は、また牡丹に頷いてみせたが、

「誉めたのではござらぬ。見るに堪《た》えぬゆえ、もう見せてもらわずともよいと申したまで」

鷹之介は冷徹に言い放った。

「なんと……」

〝無礼な〟という言葉を続けたかったのであろうが、雪枝は予期せぬ言葉に戸惑い、

声も出ず、その場で固まっていた。

鷹之介は毅然《きぜん》たる態度で、三右衛門と大八を従えて稽古場に降り立った。

弟子達がそっとついた溜息が、小さなどよめきとなって稽古場の内にこだました。

もちろん、鷹之介の若武者ぶりと、二人の武芸者が醸《かも》す威風に胸を打たれてのことだ。

鷹之介は、懸命に心を落ち着かせようとしていたが、心の内は怒りに溢れていた。

——長々と待たされて、見せられたのがこの師範代か。

牡丹のそれは、まったく武芸の素養を感じられぬ、雪枝と同様のなまくら薙刀術であった。

その技を見せられた刹那《せつな》、鷹之介は思った。

武芸帖編纂所の役目は広く武芸の神髄を求め、滅びゆく流派があれば、それを記し後世に伝えるものである。

——だが、不届きな武芸道場を叱責する役目も担うべきだ。

鷹之介は稽古場に立て掛けられてある稽古用の薙刀を手に取って、三右衛門と大八に渡すと、自らもひとつ手に取り、

「牡丹殿、今、貴女が見せんとした型はこれでござるかな」

この三日で見覚えた型をしてみせた。

薙刀が空を斬り裂き、ビュンビュンと音をたてた。

それは高速で回る風車のごとき迫力と、舞よりも尚体の捌きが美しく、毛筋ほどの乱れもなかった。

「さらに、当道場の型での立合は、こういうことでござろう」

鷹之介が目で合図をすると、これも見覚えた二人一組の型を、今度は三右衛門と大八がしてみせた。

「ええいッ！」

「やあッ！」

二人は気合もろ共、目にも止まらぬ速さで打ち合った。

それでいて、決めるところはしっかりと決めて技の意味を体で示し、また打ち合う。

薙刀が体の一部かのように振り回される様子を、弟子達は初めて見たのであろう。

稽古場の内は、水を打ったように静まり返った。

「ぶ、ぶ、無礼な！」

そこでやっとのことに、雪枝が口を開いた。

「この大原雪枝の道場へ勝手に降り立ち、自儘《じまま》なる振舞い、許しませぬぞ！」

ただこれだけのことでも、雪枝にとっては今までに受けた覚えのない恥辱なのであろう。

しかし鷹之介にとっても、師範代がこの様子では、最早《もはや》この道場には何の用もないのだ。

ここにきてついに堪忍袋の緒が切れた。

「黙らっしゃい！」

武芸で鍛えた声で、雪枝を一喝した。

「公儀武芸帖編纂所を何と心得るか！　畏れ多くも上様の思《おぼ》し召しによって設けられた役所であるぞ！」

鷹之介の凄まじい剣幕と上様の思し召しという言葉が、雪枝を圧倒した。

牡丹は口をあんぐりと開けて、鷹之介を見ている。

「疑いあらば、御支配の京極周防守様に問い合すがよい。お上の御威光を笠に着た物言いをしとうがないゆえに、これまでは筋を通して参ったが、我らを小役人と侮ったか！　何が巴流か。泉下の巴御前がさぞお嘆きであろう」

鷹之介の弁は、ますます冴え渡る。

「雪枝殿。貴女は、厳しい警固をかい潜って奥向きに忍び込むような者はいるはずがないと申された。だが、何が起こるかわからぬ。それが世の中ではござらぬか。それゆえに警固は心してかからねばならぬのじゃと、某は心得てござる」

雪枝は、黙っているのも癪《しゃく》に障ると思ったか、

「そうでございましょうか。確かに頭取がいきなりこの大原道場の稽古場に降り立たれたように、信じられぬできごとも起こりうると悟りましたが……」

皮肉を込めて言い返した。

大原の名をちらつかせるのも、彼女らしい。

鷹之介はじっと稽古場を見廻した。

雪枝は鷹之介が少し落ち着いて、大原の名に恐れを覚えたのかと受けとめて、

「世の中には起こりうることと、起こりえぬことがございましょう。警固の網をかい潜ったとて、せいぜいが一人や二人のことじゃ。この大原道場の薙刀術の教えは

いささかの誤りもござらぬ！」

鷹之介は、にこりと笑って、

「鉄太郎！　袋竹刀を持て！」

持参した袋竹刀を手に取ると、

「ならば、某一人でお相手仕ろう。御門人の方々、かかって参られい」

この日は二十人ばかりいる門人達を見廻して、静かに言った。

俄な鷹之介の挑発に、弟子達は己々顔を見合せた。

たった今、鷹之介と三右衛門、大八が見せた薙刀術が、一同の目に焼き付いていた。

いくら数を恃みと言っても、恐れの方が先に立つ。

「ならばこちらから参ろう。賊が入った！　曲者《くせもの》じゃ！　一同、出合え、出合え！」

鷹之介は叫びつつ、居並ぶ門人達の列に躍り込んだ。

「それ！　曲者じゃぞ！」

鷹之介は、薙刀を構えんとする女中達の籠手を、肩を、腰を、足を次々に打ち据えた。

打撃は軽いものだが、滅多に防具を着けぬ彼女達にはなかなかに応えた。

中には日頃の成果を見せんとして、薙刀を揮う勇敢な弟子もいたが、振りかぶったところを懐に入られ、小手を食らい、薙刀の柄を摑まれて投げつけられた。

そうなると女達には恐怖が走る。まったく戦意を喪失し、薙刀を手に逃げ回るばかりとなった。

三右衛門と大八は笑いながら、倒れた娘達をやさしく起こして回った。

「参る！」

攻撃の手を止めぬ鷹之介は、遂に雪枝と牡丹に凄まじい形相で打ちかかる。

「参りました！」

雪枝と牡丹は呆気なく降参した。

「貴女にとって信じられぬことが、今日はことごとく起こってしまいましたな」

鷹之介は再びゆったりとした、やさしい口調となり、放心する弟子達を見廻して、

「これでは、奥向きを守れませぬぞ。さらに励まれるがよろしい」

それだけ言い置くと、三右衛門、大八を促して、供を従え大原道場を立ち去った。

木戸門を出た鷹之介一行は表の通りに出た途端、心地よく笑い合った。

「さて、大原が何か言い立てて、爺ィがうろたえるかもしれぬが、これで揺らぐような武芸帖編纂所ならば消えてなくなればよいのだ」

どこまでも爽やかな鷹之介を眩しげに見ながら、三右衛門と大八は、

「頭取、なかなかに楽しゅうございましたぞ」

「ははは、雪だるまとぼたもちが、〝参りました！〟と手をついたのは、真に愉快でござった」

笑いが止まらなかった。

従う鉄太郎と平助は、真に誇らしげな表情を浮かべていた。

「さて、今日も深川へ立ち寄るか！」

新宮鷹之介に、少しずつ一手の将の豪快さが身に付き始めていた。

九

「ふふふ……、鷹めがまた暴れよったか」

将軍徳川《とくがわ》家斉の頬は、先ほどから緩《ゆる》みっ放しであった。

新宮鷹之介が薙刀術巴流・大原道場を荒した一件は、すぐに高家である大原家から、若年寄の京極周防守に伝えられた。

無礼極まりないとの抗議であった。

大原家では、武芸帖編纂所など将軍家の思し召しで設けられたとはいえ、高家の威光をかざして支配である若年寄を突つけば、雪枝の仇は取れるものと高を括っていた。

そして今日、鷹之介が大暴れをしたという報せが届き、家斉を大いに楽しませていたのだ。

「どうやら奥向きには、その大原の娘に薙刀の指南を受けた者が何人も勤めているようじゃ。ふふふ、これはおもしろい。鷹めは暴れ者ではないが、真面目な男ゆえに色々許せぬことがあったのであろう。これはよい、いこう愉快じゃ」

家斉は、ついには声をたてて笑ったのである。

武芸帖編纂所と新宮家屋敷は、それからがしばし大変であった。

まず編纂所には、しつこいくらい大原家からの使者がやって来た。

驚いたことに、鷹之介達が大原道場を訪ねた礼にと、使者は進物の品を携えて来たのである。

どうやら家斉がおもしろがって武芸帖編纂所を自慢し、大原道場を揶揄《やゆ》したらしい。

慌てた大原家は、

「よくぞお訪ねくださりました」

くどくどと礼を言い、何とか鷹之介の機嫌を取り結ぼうとしたのだ。

鷹之介は、

「くだらぬことだ……」

と怒りつつも、やはりそこはやさしさが前に出て、丁重に使者に接し、

「当方も務めを果したまでのことにて、お気遣いは御無用に願いまする」

などと応え進物の品も受け取らなかったので、大原家としてはますます気になったようだ。

そして何よりも困ったのは、隣の屋敷に次々と訪れる旗本達であった。

大原道場で女薙刀の面々を打ち据えた鷹之介であったが、娘達は強くて凛々しき

その若武者ぶりに、打たれた痛みが疼《うず》く度に鷹之介を思い出し、恋患いに陥ったのである。

中には新宮家と釣り合いが取れる旗本の娘もいて、まだ未婚の鷹之介との縁組を取り決めてもらいたいと、世話焼き侍達が一斉に動き出す次第となったのだ。

「殿、この際、何れかの姫と御婚儀を結ばれてはいかがかと存じまするが」

高宮松之丞は、対応に疲れてこんな泣き言まで言い始めたが、

「爺ィ、大原道場を勧めたのは誰じゃ。まず後始末を頼んだぞ」

鷹之介はそのように申し付けると、編纂所に籠《こ》もってしまったのである。

何よりも鷹之介を困惑させたのは、縁組を願う娘の中にあの大原道場の師範代、〝ぼたもち〟こと牡丹の名まであがっていたことだ。

これを聞いた時の水軒三右衛門と松岡大八の笑いようは尋常ではなかった。

「頭取、おもてになりますなあ」

「この儀は、武芸帖に何と記すおつもりにござりまするか」

御無礼はお許しをと、初老のおやじ二人が笑い転げるのを見て、

「笑うている場合ではない……」

鷹之介は憮然たる想いであったが、二人があまりにも楽しそうな様子なので、

「まあ、おもしろがってくれるなら、それもよいか」

ここでもやさしさが前に出た。

とはいえ、別式女になりうる女武芸者など真に見つかるものかと、それが主命であるだけに、生真面目な鷹之介の口から出るのは溜息ばかりであったのだ。

第二章　烈　女

一

「これは先生、ようこそお越しくださりました……」

新宮家の中間で、この日は武芸帖編纂所の門番を務める覚内《かくない》が小腰を折った。

「ちょいと覚内さん、先生というのはよしておくれよ……」

しかめっ面《つら》を返したのは、三味線芸者の春太郎であった。

今は昼を過ぎたところで、黒襟の付いた縞《しま》柄の着物をすっと着こなしている。

春太郎は以前にも武芸帖編纂所を訪れているので、覚内とは顔見知りであるのだが、

「いやいや、本日は手裏剣術の先生としてお見えになると伺っておりますれば……」

覚内は、あくまでも丁重である。

それは確かである。

編纂所では日々武芸帖の整理がされていて、その中には聞き覚えのない手裏剣術もいくつか見受けられる。

頭取・新宮鷹之介は、

「それらがどのような術法なのか確かめておきたいので、手伝ってもらいたい」

と、平助を遣いに立てて、春太郎を呼び出したのである。

「何もわっちなど呼ばなくても、水軒先生と松岡先生でことは足りるでしょうよ」

などと応えたものの、春太郎には角野流手裏剣術の継承者という一面もある。

今さら弟子をとるつもりも、師範面をするつもりもないが、身についた術を衰えさせぬようにはしておきたい。

武芸帖編纂所の居心地は悪くない。

武芸場で稽古をして、気楽に武芸談議が出来る相手もそこにはいる。

「まあ、そんなら、ちょいと遊びがてらに先生方のお顔を拝みに参りましょうかねえ」

となり、訪ねてきたというわけだ。

覚内は春太郎の手裏剣の腕前を知るだけに、この日は物言いを改め、あくまでも武芸者として迎えたのである。

「ふふふ、律義なところは、殿様と同じですねえ」

日頃は伝法《でんぽう》な口調が小粋な〝奴《やっこ》さん〟であるのを知るだけに、春太郎は、覚内に好感が持てた。

主の新宮鷹之介の薫陶《くんとう》が行き届いているというところであろうか。

「ならば覚内殿、案内をしや……」

「ははッ!」

芝居がかった春太郎の物言いにも、覚内は真顔で畏まってみせる。

「覚さん、硬いよ硬いよ……」

春太郎は笑顔を向けると、口三味線を奏でながら武芸帖編纂所の武芸場へと入ったのである。

「おお、これは春殿、御足労をかけて申し訳ござらぬ」

武芸場に入ると、鷹之介までもが威儀を正して春太郎を迎えた。

「おやおや、何か新しい遊びでも始めたんですか」

呆れ顔の春太郎に、

「いや、これは遊びではない。そなたの腕を貸してもらいたいのだから、今日は春太郎ではのうて、春殿となる……」

鷹之介は相変らず改まった姿勢を崩さなかった。

「まあ、それはそのようにお聞きはしておりましたが……。それならこんな恰好で来ちゃあ、いけませんでしたねえ……」

春太郎にしてみれば、遊びがてらで来ただけに、面食らってしまう。

「恰好を気にすることはない」

見所にいた鷹之介は、すっくと立ち上がると、

「槇、よしなに頼む」

と、廊下を見た。

そこには老女の槇が控えていて、

「ささ、お稽古着をご用意いたしておりますれば」

と、春太郎を拵《こしら》え場に案内した。

「これはどうも……」

男勝りが売りものの辰巳芸者の春太郎である。

武家の女中に傅かれるのは、どうも勝手がわからない。

それでも稽古着を用意してくれていると聞けば、そこは女心がくすぐられる。

武芸場の脇にある六畳間の拵え場に通されると、真っ白な刺子《さしこ》織りの稽古着に紺袴が塗りの盆の上に置かれていて、槇が着替えを手伝ってくれた。

髪も下げ髪にして浅葱《あさぎ》の布で蝶に結んで、姿見の前に立つと、

「これは、また……」

自分でも見違えるくらい、立派な女武芸者になっていた。

考えてみれば、亡父・富澤秋之助に、手裏剣の打ち方は学んだが、特別に稽古着を着て臨んだことなどなかった。

そもそも角野流は、その辺りにある先の尖った物なら何でも手裏剣に代用するの

が身上である。

改まった姿で稽古に臨むのではなく、日頃身に着けている着物で手裏剣を打てればよいのだと、秋之助はわざわざ春太郎に稽古着姿を求めなかった。

町場の娘だけに、そこまですると春がかえって稽古を嫌がるのではないかと配慮したのかもしれない。

しかし、こうしてみると、

「やっぱり、気持ちが引き締まりますねえ」

春太郎は満更でもなく、持参した細身の棒手裏剣を袴の紐に差して、拵え場を出た。

それからは、中庭に招かれた。

そこには、巻藁《まきわら》の的が三本立てられてあり、同じく稽古着姿になった鷹之介と水軒三右衛門、松岡大八が陣床几に座って待ち構えていた。

庭の隅には、かつて春太郎の父・秋之助の弟子であった中田郡兵衛がいて、濡れ縁に腰をかけて窺い見ている。

いずれも春太郎の凛々しき姿を目の当りにして、あっと息を呑んだ。そして、

「うむ！　これは勇ましい！」

「これこそ、巴御前じゃ」

三右衛門と大八は、口々に賛辞を贈ったのである。

こうなると、いささか春太郎も調子に乗ってきて、

「で、何をすればよろしいのです？」

澄まし顔で言ったものだ。

二

それからはしばし武芸帖に記された術法に従って、春太郎が編纂所で用意した手裏剣を打って、各流儀を確かめるという稽古がしばし続いた。

中には打ち方に難解なものもあり、三右衛門、大八と議論をして、その意味を求めたが、

「さすがは春殿じゃ」

鷹之介を唸らせるほどに、春太郎の腕は確かであった。

「いえ、この稽古着のお蔭でございますよ」

春太郎は謙遜したが、自分自身、まだまだ稽古を積めば手裏剣の腕も上がるのではないかと手応えを覚え、何とも心地よくなってきた。

おまけにこの日の謝礼として、金二分が出るという。

一刻《いっとき》（二時間）ばかり稽古のつもりで手裏剣を打っただけで二分をもらえるとは、実に割りがよい。

「時にこの武芸場に足を運んでもらいたいのだが……」

鷹之介の頼みにも、

「こんなことなら、何度だって参りますよ」

快く応えた。

「うむ、それはありがたい。三味線を弾くそなたもよいが、我らにとっては武芸にいそしむ富澤春の方が輝いて見える……」

実直な鷹之介に言われると、

「わっちには、武芸者より女芸者が似合いでございますから」

かねがねそう言っている春太郎であったが、時に武芸に励んでみようかと思えてくる。

　すると、そんな春太郎の気持ちを読みとったのか、

「因《ちな》みに、今は薙刀についてあれこれと蘊蓄《うんちく》を傾けているところなのじゃが、どうじゃ、ついでにやってみぬか」

　三右衛門がにこりとして言った。

「薙刀？」

　春太郎が小首を傾げると、

「これじゃよ」

　大八が稽古用の薙刀を持ってきて、春太郎の手に持たせた。

「ああ、そういえば、先だってはこのことで大変な目にお遭いになったんでしたねえ」

　春太郎が、興味深くこれを見ると、武芸場に現れた槙とお梅が薙刀の型を演舞し始めた。

　庭から見上げる春太郎は、女二人の勇ましい姿に興をそそられた。

「どうじゃ、なかなかにうまいものであろう。春殿には、ちと難しいかな」

鷹之介は、挑発するように言った。

こうなると春太郎の負けん気に火が点く。

「それは、やってみねばわかりますまい」

芸者・春太郎は、すっかりと武芸者・春に様変わりしていた。

「それでこそ春殿。そなたが三殿と大殿に学べばどうなるか、これは見ものじゃな」

しみじみとした声で鷹之介に言われると、後には引けなかった。

一刻の後――。

春太郎は三右衛門と大八の指南を受け、薙刀の振り方と基本的な動き、足捌きなどのこつをすっかり会得していた。

「うむ！　何と見事な！」

鷹之介は膝を打った。

これはおだてではない。やはり春太郎には、武芸の天分があるようだ。

「ここまでできれば、後の上達は早い。どうじゃな。今日の礼にしっかりと教えて進ぜるゆえ、しばらく稽古を積んでみれば……。深川からここまでが遠ければ、三殿と大殿に代る代る出稽古をしてもらおう。さらに強うなるぞ」

「いやいや、そんなにまでしていただかなくとも、また暇な時にこうしてお訪ねいたしますので……」

「暇な時にやっていても上達はせぬ。鉄は熱い内に打たねばならぬもの。せっかく才がありながら。これでは惜しい。実に惜しい。少しの間、我らに春殿の上達ぶりを見せてくれぬかな」

「まあ、そこまで仰るなら……。但しわっちは、お座敷を放ったらかしにはできませんので……」

「それはわかっている。三味線を捨ててしまえとは申さぬ」

「そういうことなら……。ちょいと考えさせてもらいましょう……」

話すうちに、武芸者・春の思考は、再び気儘《きまま》に暮らす芸者・春太郎のそれに戻ってきた。

——何かおかしい。

彼女は、男と女、人と人とが騙し合う色里に生きてきた。ここまではおもしろずくで薙刀の稽古もしてみたが、そこに鷹之介の企みが見え隠れしているのを多分に感じていたのである。

こういう時は、言葉を濁しておいていったん引くに限る。

春太郎は、少し息を整えたいので、今は一時拵え場で休息させてもらいたいと言って、一人で六畳の間に入った。

そうしておいて、庭へ続く戸をそっと開けて一間を出ると、動き易い稽古着姿であるのをよいことに立木によじ登り、そっと屋根を伝って、武芸場の上へと出て息を潜めた。

そこからは、鷹之介、三右衛門、大八の声がかすかに聞こえてきた。

三人は声を潜めて、何やら談合をしているようだが、元より武芸で鍛えた声はよく通る。それに、ある興奮が彼らの武芸者としての感覚を鈍らせていた。

人の気配には敏なるこの三人も、春太郎に殺気がないゆえに、まさか屋根の上で聞き耳を立てているとは思わなかったのである。

「三殿は、春太郎の薙刀をどう見られた？」

「この三右衛門の目には、なかなかのものに……」

「大殿は？」

「我ら二人が精を出して仕込めば、二月もあれば、そこいらの〝おんな薙刀〟の者など片っ端から叩き伏せるだけの力を身につけましょう」

「左様か。それならば、この鷹之介も同じ……」

春太郎が非凡な才を持っているのはこれで明らかになったと、三人は頷き合った。

これには屋根の上の春太郎もニヤリとした。

企みごとがあってもなくても、やはり誉められると嬉しいものだ。

「とは申せ、二月では、いくら強うなったとて付け焼刃に過ぎぬ。そんなことでよいものか……」

「お気持ちはわかりまするが、巴御前のような女子はそう見つかりませぬぞ。上様の仰せとなれば、まず二月で見つけねば恰好はつきませぬ」

「お偉い人はせっかちでござるゆえ……。ここは三右衛門が言うように、その二月で春太郎を鍛えた方がよろしかろう」

このところ、三右衛門と大八は話が合う。

というより、先月、大原道場で見た〝雪だるま〟と〝ぼたもち〟の姿が未だ頭を離れず、共に春太郎を神格化させていたのかもしれぬ。

「そもそも上様も、凄腕の別式女など、真にいるとも思われてはおりますまい」

春太郎が富澤春となって別式女になり、大奥の女中共を薙刀で圧倒すれば、将軍家斉も満足するであろう。ましてや、春太郎には素晴らしい手裏剣術が身についているのだと三右衛門は言う。

「頭取が見られたという奥女中達の演武は、たかがしれていたとのこと。それならば、春太郎の腕をもってすれば……」

大八もそう言って相槌を打った。

――とんでもないことを話していやがる。

屋根の上の春太郎は身震いした。

話の内容から察するに、武芸帖編纂所の三人は、春太郎に薙刀を仕込んで、別式女として大奥へ送りこもうと企んでいるのだ。

――どんなにわっちがお調子者でも、大奥へ入って、女達に武芸指南などするものか。

危うく乗せられるところであったと、彼女は首を竦《すく》めて素早く屋根を降りた。

――ふふふ、それにしても……。

春太郎は、おかしくて堪《たま》らなかった。

正義感に溢れ、生真面目なことこの上ない新宮鷹之介が、主命に窮して二人のおやじとこんな企みごとをする――。

その様子が何とも頬笑ましかったのだ。

小半刻《こはんとき》（三十分）の後。

槇が拵え場に伺いを立てに行くと、そこに春太郎の姿はなく、きっちりと畳まれた稽古着の上に置き文がしてあった。

槇が慌ててそれを鷹之介に差し出すと、

〝たつみにもどります
おくへはまいりませぬ〟

ただそれだけが、紅で認《したた》められてあった。

「う～む……」

鷹之介はしばし唸った後、

「まずこうなるとは思うていたが……、真に惜しいのう……。いや、大奥に行かれては、あの三味線が聞けぬか……。ふふふ、これでよいのだ。ははは……！」

ぶつぶつ言いながら、高らかに笑ったのである。

三

武芸帖編纂所が、別式女捜しに躍起になっている頃。

隣接する新宮家屋敷では、家士の高宮松之丞が、鷹之介に舞い込む縁談の捌きにあたふたとしていた。

とはいえそれも、そろそろ桜が咲き始めんという時分には収まりを見せ、さすがの松之丞も御長屋の自室で寝込んでしまった。

大原道場に行くことを強く勧めた松之丞だけに、

「爺ィも何やら気まずいのであろう」

鷹之介はそのように捉えて、そっとしておいた。

身体壮健なる松之丞が、そう容易く寝込むことはあるまい。

「なに、ちょっとした間合を取ろうというところに違いない」

物心ついた時から新宮家に仕えていた松之丞である。頃合を見て、

「殿、その後の首尾はいかがにござりまする……」

などと、しかつめらしく訊ねてくるのに決まっている。

自分としても、今は編纂所に籠もって役儀に打ち込むに限るのだ。

大原道場の一件については、馬鹿馬鹿しい想いをさせた水軒三右衛門と松岡大八の手前、

「爺ィにも困ったことじゃ……」

という姿勢を貫いているが、それも松之丞の自分への想いが強いゆえのことだとわかっている。

子供の頃は、鷹之介の剣術稽古の供をすると、

「御覧召されよ。あの御方が新宮家の若殿でござるよ……」

鷹之介の勇姿を周りの者達に自慢をして、

「若、勝って兜の緒を締めよという言葉がございます。くれぐれも、精進を怠ってはなりませぬぞ」

道場からの帰りは、聞こえよがしに、誇らしげな顔を浮かべたものだ。

父に叱られた時も真っ先にとんできて、取りなしてくれたこの老臣の心の内は、誰よりもよくわかっている。

松之丞が鷹之介の出世を望む想いを募らせるのは、自分の不甲斐なさゆえであるとさえ鷹之介は思っているのである。

あれこれ考えると鷹之介は松之丞が恋しくなってきた。

寝込んでいるというなら一度悪戯でも仕掛けて驚かせてやろうかと、その日彼は、そっと編纂所から屋敷に帰り、

「おれが戻ったとは告げぬように……」

そう家来達に告げて、松之丞の住まいへ向かった。

今はまだ鷹之介が武芸帖編纂所に出仕してほどない時分で、松之丞は心おきなく寝込んでいることであろう。

松之丞の住まいは、門を入って右に連なる御長屋の隅にある。

かつては妻子と共に暮らしていたが、妻には先立たれ、息子は新宮家の分家に家士として奉公に上がっているゆえ、そこに一人で暮らしている。

幼い頃の鷹之介は、

「爺ィの傍《そば》がよい……」

と、何度も訪ね、松之丞を嬉し泣きさせていたらしい。

御長屋の戸をそっと開けて、忍び足で寝所へ——。

武芸に秀でた鷹之介にとっては、気配を消すなどわけもない。

といって、あまりにも驚かせては、松之丞の体に障るであろう。

まず様子を見んとして、細く戸を開けて中を覗き見た。

すると松之丞は地袋戸棚に頭を突っ込むようにして、何かを探していた。

怪訝《けげん》な表情を浮かべて見ていると、松之丞は奥の方からいそいそと手文庫を取り出した。

手文庫は錠付きで、引き出し形になっているようだ。

松之丞は錠を開けて箱をそっと引っ張り出すと、ニヤリと笑った。

ガチャガチャという音がして、武者窓から射し込む明かりが手文庫の中の物を、キラキラと光らせた。

——金か。

小粒の金銀に、数枚の小判。

どうやら、高宮松之丞が貯め込んできたお宝のようだ。

旗本の用人格とはいえ、三百俵取りでは禄などたかがしれている。

それでも使者に立つ時、使者の応対に出る時など、松之丞には心付《こころづけ》が渡される場合もある。

この度、武芸帖編纂所を任されるにあたって、幕府からは月十両の用度金が支給されている。

水軒三右衛門と松岡大八への手当は別枠とはいえ、やり繰りは楽ではない。

ゆえに、出来るだけ新宮家の奉公人が屋敷勤めと兼務して掛かりを抑えてきた。

だがそれによって、松之丞にも仕事に応じて手当を給していたので、少しばかり金にゆとりが出ているのかもしれない。

今まで貯えたものにこの手当を足して、どうやら松之丞は金の顔を時折拝んで悦にいっているらしい。

——爺ィも、老いたか。

役に立たぬようになれば、鷹之介の足手まといになろう。

「その時は、何卒暇を頂戴しとうござりまする……」

というのが、近頃の松之丞の口癖となっていた。己が晩年を思えば、金が何よりも頼りなのだ。

見たところ、手文庫の金は三十両くらいあると思われる。

つましく暮らせば、暇を出されたとて当面は何とかやっていけるであろう。

金を拝むと心が安らぐのに違いない。

鷹之介は、何ともやり切れぬ気持ちになった。

見てはいけないものを見たような――。

松之丞のほっとしたような、初孫を見るような表情は、氷の刃となって胸に突き刺さる。

恃むに足りぬ主君であると、或いは達観しているのかもしれない。

とはいえ、このまま引き返すわけにもいかない。

「爺ィをちと驚かしてやろう……」

鉄太郎にはそう告げていた。

とりあえず後退《あとじさ》りして、出入り口の辺りで、わざと躓《つまず》いて音を立ててみた。

寝所の方で、ガタガタと音がした。慌てて件の手文庫を地袋戸棚に押し込んだのであろう。やがて戸の隙間から松之丞の顔が覗いた。かなり動揺しているように見える。

「殿……？」

松之丞は、きょとんとした顔となり、

「いかがなされました……」

と言って、鷹之介を出迎えた。

窺い見ると、一間の内にもう手文庫はなかった。

鷹之介はほっとして、

「いや、ちと驚かせてやろうと思うたのだが、とんだ不覚をとった……」

にこりと笑ってみせた。

松之丞はたちまち顔を綻《ほころ》ばせて、

「これは畏れ入りまする。ははは、縁談をお断りするのが、これほどまでに大変なものだとは思ってもみませなんだ。いや、もう大事はござりませぬが、これでは殿の足手まといになりまするな。そろそろ暇《いとま》乞いをいたさねばなりませぬ……」

いつものように頭を掻いた。

「ささ、むさとしたところでござりまするが……」

松之丞は上がるように勧めたが、これでは戸棚が気になって仕方がない。

「いや、思いの外、堅固《けんご》な様子。安堵いたした。このまま務めに戻るとしよう。ゆるりと休んでくれ……」

鷹之介は、そのまま編纂所に向かった。

しかし心の内は晴れなかった。

家来といえども、松之丞にもあれこれと事情があり、思惑もあろう。

その根本には、鷹之介に迷惑をかけてはならないという想いがあるのをわかっているだけに、尚切なくなるのである。

――爺ィ、見ておれ。そなたが何案ずることもない新宮家にしてやるゆえにな。

鷹之介は心に誓った。

まずは、凄腕の別式女を捜すことだ。

玄関脇の桜の蕾《つぼみ》がふくらんでいる。せめてこの桜が咲いて散るまでには、何としてでも見つけ出さねば――。

鷹之介は、大きく息を吸い込むと武芸帖編纂所へと戻った。

四

新宮鷹之介の意気込みとは裏腹に、別式女捜しはすっかりと行き詰ってしまった。

方々へ出かけてみても、凄腕の女武芸者など見つかるはずもなく、鷹之介、水軒三右衛門、松岡大八は、相変らず膝を突き合せて、ああでもない、こうでもないと、どこへ行けば出会えるか智恵を絞るしかなかった。

「う〜む……。春太郎を仕込むというのは、好い案だと思うたのじゃが……」

三右衛門は、未だに無念がっているのだが、

「本人が嫌がればどうしようもあるまい」

大八は、いい加減に諦めろと不機嫌に言う。

「畏れ多くも、将軍様のお召しじゃぞ。これはとんでもない栄誉ではないか。少々気にそぐわずとも、行けば気が変わるというものじゃ」

「無理にでも行かせたがよかったと申すのか」

「それもひとつじゃ」

「それで、春太郎が逃げ出せばどうなる。おれ達も切腹ものだぞ」

「う〜む……」

三右衛門は黙ってしまった。

大八は、それが心地よいのか、

「そもそも春太郎は父親は武芸者であったが、母親は盛り場の芸者であったというではないか。生まれついての武家娘でのうては、大奥で女中相手に薙刀など教えようなどとは思うまい」

少し勝ち誇ったように言った。

「生まれついての武家娘か……」

三右衛門はしかめっ面で大八を見て、

「わしもお前も、縁遠いことじゃのう……」

からかうように応えた。

「ふん……」

大八はそっぽを向いた。

そもそもが播州龍野《ばんしゅうたつの》の寺男で、剣術好きが高じて武芸者となった松岡大八である。

生まれついての武家娘など、見つけられるものではないのだ。

そこを衝かれると彼もまた黙るしかない。

「まずは落ち着き召されよ……」

鷹之介は、二人を宥《なだ》めた。

「あれこれ話していれば、きっとよい案も出てこようもの」

にこりと笑ったものの、松之丞のことなどもあり今ひとつその表情は冴えず、初老の武芸者二人を和《なご》ませるまでにはいたらなかった。

そこへ、書庫から中田郡兵衛がいそいそと出て来て、

「某《それがし》、ちと思い出したのでござるが……」

武芸場の隅に座って、声をかけてきた。

「いったい何を思い出したのかな」

またお前かという顔をして、大八が言った。

「烈女のことでござるよ」

郡兵衛はいささか興奮していた。

三右衛門と大八は、何ごとだと郡兵衛をまじまじと見た。

「烈女？　近頃出た読本にそんな話がござったか？」

鷹之介が問うた。

「いや、作り話ではござりませぬ。まあ、いつか書いてみたいとは思うております
るが……」

「だから、何なのだ」

大八が咎めるように言った。

「聞き覚えはござりませぬか？　二年ほど前に、家老を手討ちにした姫の話を」

郡兵衛は真顔で応えた。

「おお、そういえば……」

三右衛門の顔が、ぱっと輝いた。

「藤浪《ふじなみ》家の騒動か」

「いかにも左様……」

「その話なら聞いたことがあるぞ」

大八の顔にも朱《しゅ》がさした。

それは鷹之介も同じであったが、

「軍幹先生、改めてあの騒動について詳しく語り聞かせてはくれぬかな」

と、頭の中を整えながら、郡兵衛に所望《しょもう》した――。

郡兵衛は畏まると、まるで講釈師のような口調で語り始めた。

「烈女の名は、鈴《すず》姫と申しました……」


藤浪家は九州で五万石を領する大名であった。

主・豊後守《ぶんごのかみ》は、風雅を好み、学問に長じ、信心深い大名であった。決して暗愚な殿様ではなかったのだが、大事に育てられてきたゆえ、人を疑うことを知らなかった。

それに取り入ったのが、江戸家老の楢山大膳《ならやまだいぜん》であった。大膳は、歌舞音曲《かぶおんぎょく》を豊後守に勧め、町場に別邸を設け、側女《そばめ》をあてがい、豊後守を骨抜きにし始めた。

豊後守には、鈴という姫がいたのだが、男子に恵まれなかった。

大膳は、鈴の生母であった豊後守の正室が亡くなったのをよいことに、自分の息がかかった若殿誕生を画策したのである。

それでも豊後守に男子が授かる気配はなく、家中の者達は皆一様に鈴姫に婿養子を迎え、御家の存続を図るべきだと考えた。

鈴姫は快活で武芸にも秀でていて、

「姫が男であったならば……」

それが家来達の繰り言となっていた。

しかし、そういう姫だけに、豊後守を籠絡《ろうらく》せんとする大膳をよく思っていない。

大膳もそれがわかるゆえ、豊後守には藤浪家の親戚筋から養子を迎えることを勧め、

「御姫様にはしかるべき御家との縁談を取り決め、御輿入《おこし》れいただくのが何よりと存じまする」

鈴姫の婚儀によって、藤浪家はますます血縁を広め、御家の安泰に繫がるであろうと進言したのである。

豊後守は鈴姫を慈《いつく》しんではいたが、自分にひたすら尽くしてくれる大膳への寵が勝り、これを受け入れんとした。

鈴姫はそんな父に愛想を尽かし、他家に嫁ぐならば、その方が気も晴れると思っていた。

しかし奢侈《しやし》な暮らしを送る豊後守は、それによって領民がどれほど重税に苦しんでいるか知ろうともせず、家政を顧みようともしなかった。

大膳は次第に権勢を誇り、専横《せんおう》を極めていく。

大膳に逆らい、豊後守に注進する者は、ことごとく粛清《しゆくせい》されたのである。

鈴姫は我慢がならず、遂に立ち上がった。

「おのれ、楢山大膳！　目にものを見せてくれん！」

この鈴姫――。

藤浪家において、薙刀を遣わせれば右に出る者はいないという女丈夫でもある。

凄まじい勢いで屋敷を出ると、大膳が豊後守の別邸として用意をした向島《むこうじま》の寮へと乗り込んだ。

そこで驚いて出迎える大膳を、

「おのれ楢山大膳！　御家に巣くう奸賊《かんぞく》めが！」

言うや否や、薙刀で一打ちに誅殺《ちゆうさつ》したのである。

その折、大膳の一味の者が、

「御姫様、御乱心！」

と、鈴姫に切り付けたのだが、鈴姫はこれを返り討ちにして、外へ逃れ出た一人を薙ぎ倒したのであった。

豊後守はこの光景を目の当りにして、衝撃に声も出なかったという。

家来の生殺与奪《せいさつよだつ》は、主君に権限がある。

屋敷内で不埒《ふらち》な者を手討ちにしたとて、幕府は各家の法に委ねるゆえ、特に咎められはしない。

しかし、ここはお上から拝領した屋敷ではない。

楢山大膳が遊興のために私的に借りている寮であり、そこから逃げ出した一人を鈴姫は表で斬っていた。

少なからず見物人が集まってきて、ちょっとした騒ぎになった。

豊後守の放埒《ほうらつ》な暮らしと、それを煽《あお》った楢山大膳の悪行が引き起こしたのであるから、御府内を騒がせたことは不届きであるとこれは評定所《ひょうじょうしょ》の案件となった。

豊後守は鈴姫の怒りをもって、やっとのことに己があやまちに想いが至った。

評定所での詮議と自戒の念。これらが豊後守の心労を募らせ、彼は詮議中に病に倒れ、そのまま死去した。

領内では今にも一揆が起こらんとしていた。

家政不行届の責めはいかんともしがたく、世継ぎもないとなれば、どうしようもない。藤浪家は改易《かいえき》に処されたのであった。

その後、鈴姫の姿は杳《よう》として知れない。

「まず、こんなところでござります……」

中田郡兵衛は語り終えると、やはり講釈師のように頭を下げてみせた。

鷹之介、三右衛門、大八の表情は、きらきらと輝いていた。

「うむ、よくぞ思い出してくれた！　さすがは軍幹先生だ」

鷹之介は、扇で膝を打った。

その場で頷き合う四人の肚《はら》は、既に決まっている。

その鈴姫を捜し出し、武芸帖編纂所の手によって別式女に仕立て上げ、大奥へ送り込む――。

そういうことだ。

薙刀を自在に操り、三人もの武士をたちどころに斬り捨てたというのは只者ではない。

その時、姫は十八であったというから、相当に勘がよく、術がよく身についていたと思われる。

今はまだ二十歳、まだまだ技に磨きをかけられる。

「しかも、生まれながらの姫君だ……」

大八が笑った。

「落魄《らくはく》したとて、大奥の女中共を跪《ひざまず》かせるだけの威厳も身に備えておられよう」

「大八の言う通りじゃ。何よりもそこが大事じゃ」

三右衛門が相槌を打った。

「とは申せ……」

郡兵衛が俯《うつむ》きながら、

「改易になったのは、家政不行届を咎められてのことでござる。その姫を、上様にお勧めするのはいかがなものでござろう……」

小さな声で言った。

「いかがなもの？」

大八はじろりと見て、

「おぬし、いかがなものと思いつつ、長々と軍記を語ったのか」

「いやいや、その恐れもあるかもしれぬ、ということでござる」

「確かにその恐れもあるが、それは頭取である、この鷹之介が何とかいたそう。上様は、凄腕の女武芸者を連れて参れと仰せになったのだ。別式女として召し抱えるかどうかは、上様の思《おぼ》し召しであり、我らの知ったことではない」

鷹之介は、そのように言い切った。

「なるほど、頭取は随分とたくましゅうなられましたな」

三右衛門がニヤリと笑った。

鷹之介は、気分が乗ってきて、

「姫がどのような暮らしを送っているのか、それを調べるのは骨が折れるが、まずこれほどの女武芸者はおるまい。何としてでも捜し出そうではないか！」

一同は、しっかりと頷き合った。

五

新宮鷹之介はすぐに動いた。

まず支配である京極周防守に上申し、智恵を借りようかと思ったが、周防守が気を回して、

「藤浪家の姫には触らぬ方がよいのではないか……」

などと言うかもしれない。

一旦そう言われると、そこから調べることが難しくなる。

とりあえずは、武芸帖編纂所独自で調べてみることにして、鏡心明智流士学館で共に学んだ剣友達の許に廻り、心当りを訊ねてみた。

その中には、火付盗賊改方《ひつけとうぞくあらためかた》の同心・大沢要之助《おおさわようのすけ》もいる。

すぐにおおよそのことは知れると考えていたのだが、皆一様に、二年前の一件を思い出して懐かしがりはしても、鈴姫のその後までは誰も知らなかった。

当時幕府は、鈴姫をしかるべき家にお預けにする方向で話を進めていたが、

「姫の自儘《じまま》にさせてやるがよい」

家斉は、自らそのように指図をしたという。

その意図はしかとせぬが、非は楢山大膳一味にある。

それを討ち取ったという鈴姫の心情はわかる。藤浪家の娘ゆえ、御家断絶の憂き目を見るのは宿命ではあるが、

「そのような姫ならば、どこへ預けても馴染みはすまい……」

と、哀れに思ったようだ。

それを思うと、鈴姫を見つけ出して別式女として大奥へ送り込んだとて、家斉もそれに難を示さぬのではないだろうか。

今はすっかりと忘れてしまっているようだが、そもそもが心やさしき将軍なのでかえって喜んでくれるかもしれない。

その意味においては少し気が楽になったものの、家斉が自儘にさせてやったことで、鈴姫の行方を求めるのは難しくなった。

大沢要之助が仕入れてきてくれた話では、

「藤浪家に仕えていた者がその後、江戸で商売を始め、姫はそこに身を寄せている

のではないかと……」

そんな噂があるそうな。

となれば、江戸のどこかにいることになる。

やはり鈴姫は、生母の生家であるとか、藤浪家の縁続きの家などに身を寄せなかったようだ。

恐らくは、家臣を手討ちにした自分は、どこに行っても好奇の目で見られたり、厄介者扱いされるのに違いない。

それならば気儘に暮らせるところに身を寄せる方がよいと、側近の者達も考えたのかもしれない。

「何とも、お労《いたわ》しいことでござりまするな」

寝込んではいられないと、また編纂所での評定に列席するようになった高宮松之丞は話を聞いて嘆息した。

「武家というものは、一寸先は闇でござりまする。大名家ともなれば、まだ姫君が身を寄せるところもござりましょうが、軽輩の武士になれば、苦界に身を沈めねばならぬ姫もおりまする……」

その嘆きを聞いていると、手文庫の金を確かめてニヤリとしていた松之丞の顔が思い出されて、

「我が新宮家も、主がこれではいつ上様の御勘気《かんき》をこうむるやもしれぬ。今から身の振り方を考えた方がよいぞ」

鷹之介は、少し意地の悪い言い方をしてしまった。

「とんでもないことでござりまする」

松之丞は、むきになって応えた。

「これほどまでに御忠勤を励まれておいでの殿が、御勘気などこうむられるはずがござりませぬ」

鷹之介は苦笑して、

「戯《ざ》れ言《ごと》じゃ。まず、鈴姫を見つけ出さねばなるまい。皆、頼みましたぞ」

話を戻して、方々から情報を仕入れられるよう対策を練った。

三右衛門は、火付盗賊改方に差口《さしぐち》奉公をしている儀兵衛《ぎへえ》を動かした。

差口奉公は、町奉行所の与力・同心が手先として使う御用聞きのような役割であるから、かつて藤浪家に奉公していた者が営むという店を探すのも難しくはなかろ

い。
「それが、思いの外に手間がかかっておりやして……」
儀兵衛からの報せもまた、芳《かんば》しくなかった。
大名屋敷に奉公していた者が店を開いたという話は、文政の今では何も珍しくな
い。
商人が力を持つようになった今、武家はすっかりと商人達に呑み込まれてしまっ
た感がある。
あちらこちらで以前は大名屋敷に奉公していたという店主の噂が飛び込んできて、
さすがの儀兵衛も藤浪家に話がなかなか絞り込めないのである。
それが、思わぬところから、おもしろい話が舞い込んでくることになる。
中田軍幹こと郡兵衛が、藤浪騒動を語ってから五日目の昼下がり。
武芸帖編纂所の武芸場に、鎖鎌術の遣い手、小松杉蔵《こまつすぎぞう》がふらりと現れた。
彼は以前ここで取り上げた〝伏草《ふしくさ》流鎖鎌術〟の伊東一水《いとういっすい》道場の師範代を務めてい
て、あの一件以来、時折武芸場に来ては、鷹之介、三右衛門、大八相手に稽古をす
るのを楽しみにしていた。

「鎖鎌術などというものは、刀相手に立合ねば、実戦での使い途がござらぬ。とはいえ、鎖鎌を相手に立合えるほどの遣い手にはなかなか出会えぬもの。それがここへ来れば、三人もいるわけでござる。これは堪りませぬなあ……」

などと、半ば己が稽古場のように振舞う、面《つら》の皮の厚さが困りものだが、様々な武芸を把握せねばならない編纂所は、杉蔵のような鎖鎌術の遣い手がいると何かとありがたい。

人を食ったようなところもどこか憎めず、このところは手裏剣術の春太郎と共に準編纂方という感があったのだが、

「すまぬが、今日はおぬしの相手はしてやれぬぞ」

この日は、いきなり三右衛門に言われ、

「我らも頭取も、ちと頭の痛いことがあってのう」

大八にも相手にされず、

「今日は、お呼びでないようじゃ……。また出直すといたそうか……」

すごすごと帰らんとした。

「相手はできぬが、ゆるりとなされよ。何かおもしろい話を聞かせてもらえればあ

りがたい」

鷹之介は、書類に目を通しつつ、杉蔵を呼び止めた。

「おもしろい話でござるか……」

杉蔵は小首を傾げたが、すぐに嬉しそうな顔となり、

「それならばひとつござる。実は、前からお伝えいたさねばならぬと思うておりましてな」

武芸場にどっかと座って一同を見廻した。

「くだらぬ話なら受け付けぬぞ」

大八は、薙刀術の武芸帖を眺めながら言った。

「いや、きっと松岡殿も興《きよう》をそそられるはず……」

杉蔵はしたり顔で言った。

「とにかく聞きましょう」

鷹之介は書類を置いて、杉蔵を見た。

「あれは確か、正月半ばのことでござった……」

杉蔵は鎖鎌術を愛する男だが、これで方便《たつき》を立てていくのはなかなかに大変である。

今は、伊東一水の師範代を務めているので何とか暮らしていけるが、大した弟子もいない道場である。たっぷりと謝礼をもらうわけにもいかない。

どうせ道楽でしていることなのだから、それなりにふんだくってもよいのかもしれないが、欲はかかず長く付合える方が得だと考える杉蔵は、細かな出稽古を嫌がらずに引き受けていた。

中でも、なかなかに上客なのが〝植木屋〟であった。

鎌は農具であるが、植木の手入れにも使われる。

染井《そめい》村辺りでは、庭木の栽培が行われていて、大きな植木屋が何軒もあった。

杉蔵は植木屋風の男を酒場で見かけると、おもしろおかしく鎖鎌術を語り、時には外で演武を見せた。

「植木屋などというものは、少しばかり町から離れたところにござろう。何かと物《ぶっ》騒《そう》な世の中ゆえ、鎖鎌を得物として遣えれば、これほどのものはござらぬ……」

そう言われると、わざわざ武器を買わずとも鎌ならいくつもある。

それを護身に使いこなせれば、こんな安上がりの用心はなかろう。

そんな風に思わせるよう、言葉巧みに持っていくのだが、なかなかに食い付きがよく、鎖鎌術の出稽古はそれなりに繁盛しているのだ。

その日も植木屋の稽古をつけるため、染井村に出かけての帰り、杉蔵は不思議な光景を目の当りにする。

「もしや、迷ったか……」

杉蔵は、小川沿いを歩いていたのだが、どこも同じ風景に見えて、行きとはまったく違うところに出てきてしまった。

杉木立の向こうに染井稲荷らしき社殿が見えた。

まずそこまで行けばわかるであろうと歩みを進めた時であった。

「えい！　やあッ！」

柴垣の向こうから勇ましい声が聞こえてきた。

——はて、この辺りに出稽古をした覚えはないが。

耳を澄ますと、それは女の声であった。

そして掛け声は、明らかに武芸の稽古のそれだ。

杉蔵は引きつけられるように柴垣に歩み寄って、中を覗き込んだ。

するとそこには、白い小袖に半幅の帯を締めた若い娘がいて、長柄の鉈《なた》で、つつじやさつきの枝を刈っている。

草刈り用の大鎌はよく使われるが、娘が遣うそれは長柄に鉈を取り付けたような物である。

驚いたことに、娘はその大鉈を見事なまでに縦横無尽に振り回していて、

「えいッ！」

と、気合を発する度に、刈られた小枝が飛び散っていくのだ。

その動きには寸分の無駄もなく、時には舞うように振り向き様に薙いでみたり、しなやかな体を駆使して刈っていく。

しかも、植木は丸みを帯びた形に、美しく刈り整えられていくのだから大したものだ。

——これは、ただの植木屋の娘ではない。

武芸者である小松杉蔵にはわかる。

座興に枝刈りをしているのではなく、己が身に備わった武芸を植木相手に実践し

ているのであろう。

その武芸は、間違いなく薙刀である——。

杉蔵はしばし領ぜられたかのように、娘の枝刈りを見ていた。

やがて娘が手を止めた時、植木はきれいに刈り上げられていた。

「さても見事な……」

思わず感嘆の声を発した杉蔵であったが、その気配を覚えた娘は、はっと大鉈を構えて杉蔵の方へ向き直った。

娘は二十歳くらいであろうか、切れ長の目に、美しく通った鼻筋には、そこはかとない気品が漂っているのだが、

「その目の奥には、何やら恐ろしく乾いたものがあり、獲物を見据える蛇のような鋭さがあった……」

と、杉蔵は述懐する。

こんなところで、やり合っては面倒なことになる。

杉蔵は素早くその場から離れ、逃げるように家路についたのだという。

「それだ！」

武芸場にいた者達は一様に叫んだ。

やはり、この武芸帖編纂所は、変わり者の武芸者の溜まり場であるべきだと鷹之介は痛感した。

小松杉蔵ほどの者が感嘆したのだ。

その娘が鈴姫であろうがなかろうが、とにかく素性を調べ、別式女とするべきであろう。

「杉蔵！　その植木屋はどこにある！」

「まず教えてくれ」

大八は興奮し、日頃は飄々《ひょうひょう》としている三右衛門の目も血走っていた。

杉蔵は呆気にとられたが、そこはこの男も抜け目がない。

「ならば思い出してみよう……。いや、頭の中を整えるには、稽古をするのが何より、ほんの一手だけ立合うてくださらぬか……」

まず、ちゃっかりと稽古を所望したのであった。

小松杉蔵が見たという染井村の植木屋は、〝福智屋《ふくとも》〟という、なかなかに大きな店であると知れた。

六

主の名は長助《ちょうすけ》——。

火付盗賊改方に差口奉公をしている儀兵衛がすぐに調べてくれたところによると、長助は以前、藤浪家の江戸屋敷に庭廻りの下男として奉公していたという。

その勤めぶりが認められ、巣鴨《すがも》の下屋敷の庭園の整備なども任された。

江戸家老・楢山大膳は下屋敷の庭を豪奢《ごうしゃ》なものに造り替え、それまでにあった植木などを捨てさった。

それらはまだまだ人の目を楽しませることも出来る植木であった。

長助は藤浪家を憂い、暇《いとま》乞いをすると、その植木を引き取って生家の百姓地に植えて大事に育てた。

そうしてそれを元手に植木屋を始め、たちまち店構えを大きなものにしたという。

新たな事実に武芸帖編纂所は、俄然盛り上がった。

「いささか、うまく行き過ぎのようでござるが、これも今までの積み重ねの為せる業かと存じまするぞ」

水軒三右衛門は会心の笑顔を浮かべたものだ。

しかし杉蔵が見たという娘が、真に鈴姫であるか、そこまではまだ確かめることが出来なかった。

近在の百姓や植木屋の者達は、時折、大鉈の娘を見かけるらしいが、目つきも鋭く、体の動きも山猫のごとく敏捷である娘が何とも不気味に思えて、近寄らぬようにしているらしい。

福智屋長助もまた、

「親類の娘を預かっておりまして……」

人に問われると、そのように応えてきたというが、いかにもわけありの様子が窺い見える。

「下手に立ち入って、首を刈られて植木の下に埋められでもしたら、たまったものじゃない」

口には出さねど、皆一様にそう思っているようだ。

前述したように、鈴姫であろうがなかろうが、娘の腕が確かならどうでもいいことなのだが、

「鈴姫ならば、落魄したとて、五万石の大名の子女であった御方だ。それなりに遇せねばなるまい。下手をすると、へそを曲げられて頑《かたく》なになられては困る」

と、鷹之介は考えている。

まず慎重に姫の気性などを探り、いきなり別式女がどうのという話など、するべきではないだろう。

「なるほど、頭取はさすがに、貴人のお側近くに仕えておられたゆえ、よく気が回ることじゃ」

三右衛門はにこやかに頷いた。

三右衛門とて、将軍家剣術指南役を務めた柳生俊則の弟子であったゆえ、師について貴人を目の当たりにしたことは何度もあった。

その目から見ても、鷹之介の物の見方は、しっかりと的を射ている。

「となれば、どのようにしてお近付きになるかですな」

まず、議題はそれになった。

鷹之介、三右衛門、大八、松之丞、郡兵衛の五人で智恵を絞ったのだが、

「三右衛門、おぬしは世慣れている。まず通りすがりを装い、姫と言葉を交わせばよい」

大八が勧めた。

あの手裏剣の春太郎も三右衛門が飲み比べをしたことで、心を開いたのではなかったかと言うのである。

「うわばみの春太郎と鈴姫を一緒にするではない」

三右衛門は呆れ顔をした。

「そもそもわしは、人に皮肉を言ったり、からこうたりする癖がある」

「それはようわかる」

「わかるなら、くだらぬことを申すな」

「かといって、おれが行くわけにもいくまい」

大八は、しかめっ面をしたが、

「いや、行くなら松岡先生がよろしかろう」

郡兵衛が言った。

「何だと」

「松岡先生は、初めて会う人からは、裏表のない御方に見られると思います」

「おれはそもそも、裏表のない男じゃ」

「それよそれよ、そういう、どこか間の抜けた男の方が、相手も疑いを持たぬということじゃよ」

三右衛門が悪戯っぽい笑みを向けた。

「間が抜けた、は余計だろう！」

「考えてもみろ。おれが行って、〝鈴姫というよりも鈴虫みたいでござるな〟などと口走ったら何とする」

「言っていることがわからぬ！」

「某も松岡先生がよいと存ずる」

ここで松之丞が口を開いた。

「殿がお行きになれば、先方も何ごとかと構えてしまうのは必定《ひつじょう》。先生ならば、それなりにお歳も召しておられるし、植木屋の者達ともすぐに親しゅうなられるのではござるまいか」

これには鷹之介も、もっともなことだと思い、

「うむ。大殿、まず足を運んではくださらぬかな」

と、大八を真っ直ぐに見た。

こうなると、大八も否とは言えず、

「頭取の仰せとあらば、是非にもござりませぬな……」

と、威儀を正すしかなかったのである。

七

「なかなかよいところではないか……」

松岡大八は思わず目を細めて両腕を上げ、大きな体をさらに天へと伸ばしてみせた。

染井村は、板橋《いたばし》宿から尚も北東に位置する風光明媚《めいび》なるところであった。

さらに北には、飛鳥《あすか》明神が祀られている飛鳥山が広がり、そこから筑波《つくば》山が見え

る眺望は絶景であった。

武芸帖編纂所がある赤坂丹後坂から、ここまでやって来るのは、かなり大変であるが、

「なに、ちょっとした旅と思えばそれもよかろう」

ここまでは、のんびりとして花鳥を愛でながらやって来た。

確かにこの辺りは植木屋が多い。

後年、江戸彼岸桜と大島桜の交配によって、この地から〝ソメイヨシノ〟が生まれるわけだが、庭木用の桜などが方々で育てられていて、ちらほらと咲き始めた木々が道行く者の目を楽しませてくれる。

「この辺りじゃと聞いたが……」

大八は、小松杉蔵の話を元に作った地図を眺めた。

「恐らく、この向こうに連なる柴垣が〝福智屋〟の畑なのであろう」

大八の胸の鼓動が高鳴ってきた。

今日は、物見《ものみ》を務めるつもりでやって来た。

急《せ》いては事を仕損ずる。

まずは、植木屋に立ち寄った朴訥《ぼくとつ》な武芸者を演じることだ。

小さな道場を開いているのだが、そこの庭に何か植木を植えてみたいと予々《かねがね》思っている。

今日、通りすがりに見てみれば、ここは植木屋のようである。ちと見立ててもらおうかと立ち寄ったのだ——。

などと言って、親しくなれば、大らかな武芸者の登場に心も和《なご》み、姫について何か語ってくれるかもしれない。

そもそもはこのような役目は苦手な大八なのだが、ここは何としても、件《くだん》の枝刈り娘を武芸帖編纂所に招かねばならぬ。

それに杉蔵が言っていた、娘の華麗な枝を是非見てみたい。

大八の武芸者としての魂がうずくのである。

——さて、どこから訪ねればよかろう。

大八が、植木屋の店先を探し始めた時——。

「やあッ！　えいッ！」

という、鋭い女の掛け声が聞こえてきた。

大八の体はぴくりと反応した。

どこから覗いてよいやらと逡巡《しゅんじゅん》しつつ、すぐに彼は躍動する者の気配を覚え、柴垣に取りついた。

すると、あの日の小松杉蔵と同じく、大八は息を呑んだ。

まさしく二十歳になるやならずの娘が、長柄の鉈を振り回しているのだ。

――杉蔵はよくも、柴垣越しで辛抱したものじゃ。

大八は唸った。

聞きしに勝る腕である。女の身でここまで長物を己が体の一部分に同化させ、ビュンビュンと振り回せるとは――。

「百聞は一見に如《し》かずか……」

大八は、もう少し傍へ寄ってみたくなり、柴垣の継目を探し、そこをこじ開けて畑の内へと忍び込んだ。

この畑は植林であるから、入ったところで木陰から覗き見ればまず気取られまい。

大八は息を殺し、気配を消して、しっかりと見物した。

大鉈の娘は、やがて手を止めると、少し思い入れをして走り去った。

彼女の行く手には、百姓家が見える。

そこが住まいと、店になっているのであろう。

ちょっとした大百姓の家のような佇まいである。

娘が走っていった方には四つ目戸があり、その向こうには庭と、それに面した縁側が見える。

四つ目戸からは、四十絡みの男が出て来て娘を迎えたが、娘は無言で中へ入ると、大八の視界からは消えた。

庭の木立の陰に隠れてしまったのだ。

大八は、ほっと息をついた。

娘の枝刈りは杉蔵から聞いた通りであったが、傍近くへ寄って見物するとその迫力は相当なもので、百戦錬磨の松岡大八に衝撃を与えたのである。

――あの腕前なら、さらに仕込めば、天下無双の薙刀術の遣い手になろう。

すっかりと心を奪われた大八は、ふと物思いに浸ってしまい、植木の陰から出たところで不覚をとった。

「何奴……」

女の低い声と共に、首筋に先ほど見た長柄の鉈の刃が、ぴたりと付けられていたのである。

声の主が、件の娘のものであるのは言うまでもない。

「これはお見事……」

大八は、思わず口からこの言葉を発していた。

確かに、あの枝刈りを見て感嘆し、心ここにあらずといった松岡大八であった。

しかしいくら油断したとて、それを見事に衝いて、首筋に刃を突きつけられるなど覚えのないことだ。

娘が枝刈りを中断して、一旦母屋の方へ駆け去ったのは、相手に油断をさせ、そっと別の場所へ出て近付かんと咄嗟に考えたからであろう。

つまり、大八の気配に気付いていたのだ。

それを思うと、危機に陥ったとはいえ、この娘の心得があまりに見事で武芸者として嬉しくなった。

「いやいや、これは参りました……」

大八は悪びれることなく、頭を下げた。

娘はそんな大八が珍しいのか、切れ長の目を一瞬、丸くした。

娘の後ろには棍棒を手にした男が控えていて、彼もまた目を丸くしていた。彼は、先ほど四つ目戸で娘を迎えた、植木屋の奉公人のようだ。

娘はすぐに元の鋭い目に戻り、

「先だっても、柴垣の外から中の様子を覗き見ていた者がいたようだが……」

それは小松杉蔵のことであろう。

「あれもお前か……？」

「いえ、某《それがし》は今日初めて近くを通りかかり、掛け声につられて、思わず見てしもうたというところで……」

「それは真か！」

「真でござる。あのような見事な枝刈り……、武芸を志す者ならば、誰でもが興をそそられましょうぞ」

大八はそう言うと、後ろに控える男を見て、

「怪しい者ではござらぬ。そなたにまず某の大小をお預けいたそう。その手で受け取られるがよい」

と促した。

男は逡巡《しゅんじゅん》したが、娘が目で命じて、彼は恐る恐る大八の両刀を腰から抜いて掲げてみせた。

それと同時に娘は大八の首筋から刃を外し、新たに構え直した。

小脇構え——攻守に優れ、寄らば斬るという娘の意気込みが伝わる。

「うむ、よう心得ておいでじゃ」

大八はまた感じ入ると、己が身分を明かした上で別式女云々は一切語らず、

「務め柄、娘御の枝刈りに薙刀の神髄を覚え、思わず見入ってしもうたということでござる」

と言った。

「たばかるでない。武芸帖編纂所など聞いたこともないわ。そなたがそこに仕える者とも思えぬ」

娘は、疑いの目を大八に向け続けた。

「ははは、かく素浪人の形《なり》をしておりまするゆえ、そう思われても無理はござらぬが、赤坂丹後坂、公儀武芸帖編纂所頭取・新宮鷹之介なる殿様に、松岡大八をお問

い合せ願いたい」

大八は堂々たる態度を崩さずに、娘に頰笑んだものだ。

娘はにこりともせずに、

「ならば確かめるとしよう。それまでは、ここに留め置くぞ。逃げ出そうとした時は、その命、ないものと思うがよい」

と、言い捨てて、再び母屋の方へと立ち去った。

いつしか五十絡みの奉公人がさらに控えていて、申し訳なさそうな表情を浮かべて、大八に頭を下げた。

「松岡大八と申す。とんだ不調法《ぶちようほう》をしでかし、かく虜《とりこ》となり申したが、まずよしなに頼みまする」

大八は威儀を正した。

かく言葉を交わせば、もう疑いもなかった。

件《くだん》の娘は鈴姫で、四十絡みと五十絡みは姫に付いて福智屋に入り、奉公人の姿に身を窶《やつ》す、かつての藤浪家家中の者に違いない。

——この後は頭取にお任せいたそう。

いきなり鷹之介の手を煩わすことになったが、まず物見の役目は果せたようだと、大八は内心満足を覚えていた。

花と緑が美しい。町場の喧騒はほど遠い。

山猫のような姫が暮らすには、ちょうどよかろう。

自儘にさせてやれという、将軍家斉の処置は真に当を得たものであったと思われる。

大八は二人の男に連れられて、母屋の離れ家に通された――。

八

新宮鷹之介が福智屋に着いた時、もう日は暮れ始めていた。

件の四十絡みの奉公人は本蔵《ほんぞう》という男で、彼が武芸帖編纂所への遣いを命ぜられたのだが、

「真に御無礼をいたしました……！」

松岡大八の言ったことに偽りがないと確かめるや、鷹之介の前で額を床にこすり

つけるようにして詫びたものだ。

「いや、詫びねばならぬのはこちらの方じゃ。娘御の枝刈りに見惚れたとはいえ、植木畑の中に入ったのは、責められても仕方なきこと。お蔭でそなたは一刻ばかりの道のりを訪ね来て、また戻らねばならぬ」

鷹之介は、大八が捕らわれの身になったのは何よりのことだと、内心ほくそ笑みながら本蔵を労《いたわ》り、

「どれ、松岡大八を迎えに参ろう。苦労をかけるが、身共をそこまで連れていってもらいたい」

と、告げたのである。

本蔵は、頭取自らが染井村に足を運ぶなどとんでもないことだと恐縮して、

「わたしがすぐにとって返し、松岡先生にお詫びを申し上げた上で、お帰しいたしますので、何卒それればかりは……」

と、丁重に言上したが、

「いやいや、松岡大八ほどの者が見惚れてしもうたという、その娘御に会うてみたい。名は何という？」

「ははッ、福智屋の主の親類筋に当ります、おしず……、というお嬢様で……」

本蔵は、しどろもどろに応えたものだ。

「おしず、とな。そなたにとっては、そのおしず殿の言うことは命よりも大切なのであろう」

「ははッ……」

本蔵は応えて、はっとした顔になったが、

「身共《みども》が行かねば恰好もつくまい。案内してくれ」

鷹之介は、どこまでもにこやかに話しかけたので、

「ならば、殿様のお気のすむように……」

と畏まって福智屋に連れて帰ってきたのである。

行ってみると、大八は捕らわれの身でありながら、五十絡みの奉公人・小六《ころく》と、酒食を共にしてにこやかに歓談していた。

小六は、大八が嘘など言っていないのはわかっているが、姫の言うことには逆らえず、ひとまず大八の大小を預かり虜としたが、後のことを考えて大八を丁重に遇したのであろう。

赤坂丹後坂まで行かされた本蔵といい、鈴姫には苦労させられているようだ。それでも、ひたすらにおしずの素性には触れずにいる二人の姫への忠義は大したものと思える。それだけ姫を慕っているからこそである。

新宮鷹之介自らの訪《おとな》いに、福智屋は慌てふためいた。おしずの気を静めるために、彼女が言う通りに動き、その一方ではひたすら松岡大八の機嫌を損ねないようにしていたのだが、ひとまずはこれが功を奏した形となったのは幸いであった。

鷹之介は、原口鉄太郎と覚内を供にやって来て、

「これはうちの編纂方が、粗相をしたようじゃ。勘弁してもらいたい」

堂々として、かつ、くだけた物言いで詫びを言ったので、主の長助などは本蔵以上に畏れ入ったのである。

鷹之介はすぐに母屋の広間に通され、そこへ松岡大八も腰の大小を戻された上でやって来て、

「頭取、あまりにもこの家の娘御の枝刈りが見事で、つい不調法をしでかしましてござります。平に御容赦のほどを……」

と、恭しく平伏した。

「いえ、少しばかり行き違いがあっただけのことにござりまする。どうか、お気を悪くなさらぬように願いまする……」

長助は女房のお種《たね》と、二十歳になる息子の菊太郎《きくたろう》を従えて鷹之介に言い繕ったものだが、

「ならば、かく疑いも晴れた上は、武芸帖編纂所に連れ帰ってよいな」

鷹之介はどこまでも辞を低くして語りつつ、そこにおしずの姿がないことを認めて、

「だがその前に、この家の娘御に会うておきたい」

と、強い口調で言った。

「恐れながら、おしずはどうしようもない不調法者にござりまする。殿様に無礼を働くやもしれませぬ。手前共できつく叱りつけておきますれば、ここは何卒お許しのほどを……」

ここでも長助は口を濁した。

しかし、鷹之介は凛とした表情となり、

「それは異なことを申す。そもそも、不調法をいたしたは我が編纂方の方じゃ。また、疑いを抱き、この家に留め置いたのはおしずであろう。彼の者に会い疑いを晴らしてこそ、松岡大八を連れ帰れるというもの」

さらに厳しい口調で迫った。

長助が言葉を濁す理由はわかっている。まずここは彼を宥《なだ》めすかしつつ、真実のほどを確かめんとしたのだ。

編纂所を出がけに、水軒三右衛門には、

「穏やかに物を申されるのもよろしいが、ここというところは、脅しをかけねばことは動きませぬぞ」

と、教授されていた。

それを鷹之介なりに受け止め、あくまでも実直な正論を突きつけることで実践したのであった。

「仰せの通りにござりまする……。しばしお待ちのほどを……」

長助は、ひとつの決意を固めて立ち上がろうとしたが、

「その前に訊ねておきたいことがある」

鷹之介は再びやさしげな口調に戻って、長助を呼び止めた。

「はい……？」

座り直した長助に、

「悪いようにはいたさぬゆえ教えてもらいたい。おしずという娘は、藤浪家の御息女・鈴姫であろう」

さらに鷹之介は問いかけたのである。

長助とその妻子、本蔵と小六は、たちまち言葉に詰った。

「隠したとていずれわかることじゃ。我ら武芸帖編纂所がいかなるものかは、既に聞き及んでいような」

「某が一通り伝えてござる」

松岡大八が頷いた。

「ただ今は、ゆえあって薙刀の遣い手を探し求めている。しかも女の凄腕をな」

それを聞いて、本蔵と小六の表情が和らいだ。

「話に聞けば、姫は御家に巣を食う奸臣《かんしん》を、たちまちのうちに薙刀で成敗なされたとか。さらに円明流の遣い手である松岡大八が見惚れるほどの枝刈り……。これは長柄の鉈を、筑紫薙刀に見立てたものかと存ずる……」

本蔵と小六は、顔を見合せた。

筑紫薙刀は、〝鉈薙刀〟と呼ばれる、特異な形状の薙刀である。茎《なかご》の部分を管状に拵え、ここに柄を通して目釘で止める。その形が鉈に似ているのである。

「鈴姫は、この筑紫薙刀の名手であられたそうな。まだまだ腕は鈍《なま》っておられまい。何ゆえこの植木屋へ身を寄せられたかはわからぬが、薙刀術への想いは深いはず。それならば、しかるべきところで存分に力を出せるよう、我らが取りはからうゆえ、まず編纂所に身を寄せてもらいたいのじゃ。それについて我らと共に、姫に説いてもらいたい。それが望みでござる」

鷹之介は、清廉潔白な若侍の想いを言葉に乗せて、粛々と武芸帖編纂所の意図を伝えた。

――何の青二才が。

とは思えぬ誠意が、そこに溢れている。鷹之介にしか出来ないことなのだ。

長助は大きく頷いて、本蔵と小六を見た。奉公人ではあるが、長助の目には二人に対する敬意が含まれている。

小六は長助の意を受けて、彼もまた大きく頷くと、鷹之介の前に出て畏まった。

「これは、藤浪家浪人・村井《むらい》小六と申す者にござりまする。そしてこの者は、同じく布瀬《ふせ》本蔵……。いずれも奥用人を務めておりました」

「左様か、ならば、おしずというのは……」

「はい。お察しの通り、鈴姫様にござりまする」

小六は、はっきりと応えた。

「いずれかの御家中には、身を寄せられなんだのじゃな」

「いかにも。お姫《ひい》様におかれては、もう武家の暮らしには嫌気がさしたと仰せになられ、それでかつて家来筋であったこの福智屋へ……」

「身に余ることと、存じおりまする……」

長助が、お種と菊太郎と共に頭を下げた。

「それで、奥用人であった二人が植木屋の奉公人となって、姫のお側に仕えたのでござるな」

「はい、奥女中のりくと共に……」

本蔵が応えた。彼はここまでの道中、新宮鷹之介の人柄にすっかりと信頼を覚えていた。

「天晴《あっぱ》れなる忠義の臣……。真に御苦労なことでござった」

鷹之介は一同を労い、称えた。

「ならば各々方に問い申さん。姫をこの先、どのような未来に導くつもりでござるか」

鷹之介は一同を見廻した。

「藤浪家御再興に導くつもりはないのか……。それが聞きとうござる。ただお側近くにお仕えするだけで、満足なのでござろうか」

藤浪家の旧臣達は、苦悩の表情を浮かべた。

もちろんそう導きたくはあるが、元より姫にその気があれば、町外れの植木屋などに身を寄せてはおらぬであろう。

ここへ来てからは、長柄の鉈を振り回し、無聊《ぶりよう》を慰める日々。人からは不気味で殺伐とした娘と恐れられている。

この姫を擁していかにすれば藤浪家の再興に繋がるのか——。

一同の苦悩はそこにあるのだ。

「姫はお強い。その強さをもって武芸に生きれば、そこに道は開けていくはず。まず薙刀の名手として、武芸帖編纂方にお招きしとうござる。その上で、いかにすれば姫の身が立つか、某もまた考えさせていただきましょう」

鷹之介は大奥での指南については述べず、まず編纂所に連れ帰らんとして、その理を一同に説いた。

なるほど、武芸の道で身を立てることも、姫の未来には残されているのか——。

小六と本蔵の表情は、みるみるうちに晴れ渡り、鷹之介を救いの神のように見つめた。

その時であった——。

一間にずかずかと鈴姫が入って来た。不安げに付き従う三十絡みの女中が、りくであろうか。

「わざわざのお運び、忝《かたじけの》うござりまする……」

鈴姫は、立ったままで鷹之介を睨みつけるように見て言葉をかけると、さらに大八に目を移し、

「これへ留め置いたは、他人の家の中に忍び込むという無作法を見咎めてのこと。

疑いが晴れた今は、早々に連れ帰られるがよろしゅうございましょう」

切口上で挨拶をした。

さすがに小六が見咎めて、

「姫！　無礼でござりまするぞ」

と、厳しく窘めた。

「姫ではない。今のわたしは、植木屋に厄介になっている乱暴者のしずじゃ。姫に戻るくらいなら、ここも出て盗人《ぬすっと》にでもなって暮らした方がましじゃ。長助……、いや、主殿、しずの面倒を見るのが厄介ならば、いつでも遠慮のうそう申し伝えてくだされ。すぐにも出ていきましょうほどに……。ごめんくださりませ」

鈴姫はそう言い置くと、足音も高く部屋を出た。

すぐに後をりくが追う。

「姫……！」

小六と本蔵も追わんとして立ち上がったが、

「待たれよ……。藤浪家改易の折、上様は姫については自儘にさせてやれとの仰せであったはず。姫が思う通りにしてさしあげればよろしかろう」

鷹之介はそう言って二人を呼び止めた。

「申し訳ござりませぬ……」

「さりながら、今のは姫の本意とも思えませぬ。何卒、今一度お考えくださりますよう……」

小六と本蔵は口々に言って、祈るように鷹之介を見た。

「ははは、今日はおむずかりのようじゃ。何を申したとて詮なきこと。本日は一旦帰るといたそう」

鷹之介は、どこまでもにこやかな表情を崩さず、

「松岡先生、退散仕ろう」

家来衆には、まだ諦めていない様子を見せつつ、鷹之介は大八を従えて福智屋を出た。

九

「さて、どうしたものであろう……」

新宮鷹之介は、屋敷の居間で首を捻っていた。

福智屋からの帰り道。

松岡大八は鈴姫の枝刈りを絶賛し、その時の様子を詳しく語った。

大八が不覚をとるほどに、鈴姫の武芸に対する勘は勝れている。

気儘で我が強く、乱暴な鈴姫であるが、花を愛で、草木を育てることには長《た》けているらしい。

そのような気性ゆえに、福智屋の奉公人達は鈴姫に気遣い、また敬っているようだ。

大八は虜の身となり、村井小六と話していた折、彼の言葉の端々からそれが窺われたという。

家来達が植木屋の奉公人になりながらも、姫を慕いついていくのは、ただ単に藤浪家への義理立てだけではなかろう。

子供の頃から仕えて、

「この姫ならば……」

と思わせる魅力が、彼女に備わっていると考えられる。

「さりながら、あのように頑なで、武家には憎しみしか持ち合せていないような鈴姫に、薙刀をもって大奥へ行けとは、とても言えたものではございませぬな」

大八は、やれやれとして言ったものだ。

「とはいえ、あの腕前は捨て難うございまするな」

その大八の想いは、鷹之介にはよくわかる。

鈴姫は、武士を信じられないのだろう。

だが、黙って引き下がるのも業腹《ごうはら》だ。

何としてでも武芸帖編纂所に、鈴姫を迎え入れねばならぬと思っていた。

「まず今宵はゆるりと休み、それはまた明日考えよう……」

頭の中が色んなことでいっぱいになっていた鷹之介は、大八と別れ屋敷の居間に入っても落ち着かなかった。

すぐに高宮松之丞がやって来て、この日の首尾を問うてきた。

今から染井村での出来事を語るのは疲れる。もう明日にしてくれと言いたかったが、鷹之介の脳裏に村井小六、布瀬本蔵、りくの顔が浮かんだ。

大名家に仕え、奥用人、奥女中を務めた者が、姫について植木屋の奉公人に身を変えている。

そして、姫が何とか藤浪家再興に向かってくれることを祈りつつ、姫の気儘に逆らわず、辛抱強く見守っているのだ。

松之丞が主君である鷹之介の身を案じ、あれこれ聞きたがるのも無理はあるまい。

あの三人と比べても、松之丞のこれまでの忠義は、何ら見劣りのするものではない。

――煩わしいなどと言うてやるな。

鷹之介は自分自身を叱りつけ、福智屋でのことを余すところなく話した上で、

「爺ィが言うように、武家は一寸先は闇じゃのう。もし、この鷹之介が浪人をいたせば、爺ィは鈴姫の家来達のようにいつまでもついて来るではないぞ。何もしてあげられることはないのだ。穏やかに暮らせばよい。そうしてくれ」

鷹之介はいつになく、しんみりとして言った。

「殿、それはまたお情けなきお言葉にござりまする。殿が浪人をなさったとしても、この松之丞は体が言うことを聞く間はどこまでも、お側にいてお仕えいたしまするぞ」

松之丞は、怒ったように応えた。

「そうは言っても、爺ィ。浪人いたさば、その日から禄はのうなる。我らには身を寄せる植木屋とてないのだぞ」

鷹之介は宥めるように言ったものだが、松之丞は一転して得意気な顔となり、

「何のご案じ召さるな。方便《たつき》のことならば、この松之丞が何とでもして、暮らし向きを調《ととの》えてみせましょうぞ。ふふふふ、殿、こう見えて爺ィは、いざという時のために貯えをいたしておりましてな……」

ニヤリと笑った。

その笑い顔は、先だって鷹之介がそっと覗き見た、手文庫の金を眺めて悦に入っている松之丞のそれと同じであった。

――そうか！　そうであったのか。

鷹之介は、はっとした。

――爺ィは、己が老後のためにあの金を貯めているわけではなかったのだ……。

自分は何という思い違いをして、ひがんだ物の見方をしていたのであろう。

今までの松之丞の忠義を思えば、あのような目を向けられるはずがないもの

を——。

——爺ィ、許せ。

心の内で詫びると、鷹之介の目に涙がじわりと浮かんできた。

「殿、いかがなされましたか？」

小首を傾げる松之丞に、

「いや、爺ィの今の言葉を聞いて、すっかりと安堵をいたした。すると、何やら眠気が起こってきてな……」

鷹之介は、その涙をあくびのせいにして、

「爺ィ、いつもすまぬな。爺ィには、助けられてばかりじゃ」

と、真っ直ぐな目を向けた。

「殿……、やはりどこか、お具合が悪いのでは……？」

「いやいや、偽りなき想いを申しておるのじゃよ……」

「いや、そんな、殿、おやめくだされ……」

照れ笑いを浮かべる松之丞の目にも、たちまち涙が溢れてきた。

第三章　桃　花

一

大奥の別式女に成りうる、凄腕の女武芸者――。

ひとまずそれは見つかった。

しかも、かつては五万石の大名の姫君であったのだから、血統としても申し分がない。

だが、その鈴姫は武家を憎み、嫌っていた。

江戸家老によって父・豊後守が骨抜きにされ、その専横によって家中領内共に乱れ、多くの命が犠牲になった。

姫が筑紫薙刀を揮《ふる》い、奸臣共を討ち果したことで、その恨みは晴らされたのだが、いくら悪人とはいえ三人までも手にかけたのである。当時まだ十八歳であった姫には、それが暗い翳《かげ》りとなって心に残ったに違いない。

彼女がその術をもって、再び武家の暮らしに戻る気になれないのは、無理もなかった。

とはいえ、武芸帖編纂所頭取・新宮鷹之介にしてみれば、市中に埋れる女武芸者を掘り起こし、別式女として江戸城中に送り込むのは主命なのだ。

かつては五万石の大名の姫君であったかは知らねども、今は植木屋に身を寄せる一介の町娘である。

有無を言わさず連れ帰り、編纂方とした後に別式女に仕立てあげる――。

こうしたとしても、支障はないはずだ。

しかしそこは新宮鷹之介である。生来のやさしさと、武士道へのこだわりが前に出てしまう。

かつては姫君として奸臣を討ち果し、それが元で御家を失った鈴姫の無念を思いやり、それなりの敬意をもって接するのが礼儀であり、武士の情けというものだと信じている。

鈴姫が不承知なのを、無理矢理に迎え入れんとする気にはなれない。

彼を取り巻く者達も、

「それでこそ我らが頭取、我らが主君……」

と、思っている。

それゆえに尚、話が進まなくなるのであるが、先日、植木屋〝福智屋〟を訪ねた折は、取り付く島もないような鈴姫であった。

下手に話を持っていくと、本当に姿をくらましてしまう恐れがあった。

たとえこの編纂所に連れて来たとしても、二六時中鈴姫を見張っていられるものではないし、姫の武芸をもってすれば、容易く逃げ出すことが出来るであろう。

「……姫に戻るくらいなら、ここも出て、盗人にでもなって暮らした方がましじゃ……」

柳眉《りゅうび》を逆立てて、まくしたてた鈴姫の言葉には、えも言われぬ迫力と真実味が込められていた。

「まったく、明日にでも女盗賊として、町を荒し廻らんという勢いでござりましたな……」

松岡大八はその時のことを思い出すと、失笑するしかなかった。

「なるほど、かつての姫君が市井に出て盗賊の頭目になる……。これはまた絵になりまするな」

中田郡兵衛はこんな話を聞くと、戯作者《げさくしゃ》・軍幹の顔がもたげて、

「おぬしにとっては絵になるかもしれぬが、我らにとっては笑いごとではない！」

と、大八に叱られる。

「困った姫にござりますな」

水軒三右衛門はニヤリと笑い、

「さりながら、荒馬を巧みに乗りこなせば、天下無双の駒になりましょう。ここは頭取の腕の見せどころでござるぞ」

どこか楽しそうである。

とどのつまりは、鷹之介が染井村へ通うしか道はなさそうだと、編纂所の面々の意見はそこへ落ち着く。

鷹之介も、それが煩わしいわけではない。

どんな任務でも、自分に与えられたことは何としてもやりとげるのが信条である。

「行くのはよいが、どう振舞えばよいかがまったくわからぬ。下手をすると、ただ姫を怒らせてしまうことになろう」

そこに問題があるのだ。

三右衛門、大八、郡兵衛、家士の高宮松之丞も、相手が相手だけに、たとえばこのような話題を持ち出してみたらどうだろうとか、具体的な話が出てこない。

ただ闇雲に染井村まで行っても、仕事にならなければ意味がない。

「まずは、鈴姫の気持ちが落ち着くであろう頃まで、訪問を控えた方がよかろう」

とりあえず二、三日は様子を見ることにしたものの、なかなかにこれといった対処法が見つからなかった。

訪ねた二日後に、鈴姫に仕える村井小六が、その翌日には布瀬本蔵が、美しく刈り込んだ松と梅の盆栽をそれぞれ手土産に、

「あの折は、真に御無礼をいたしましてござりまする」

と、武芸帖編纂所へ詫びに来た。

二人は共に、

「何卒、姫をお見限りなきようにお願い奉りまする」

と、懇願したものだ。

彼らにしてみれば、御家を失った鈴姫を労しく思い、姫について福智屋へ入ったものの、ただ徒《いたず》らに時が経ってしまったこの二年間であった。

そこに一条の光明をもたらしてくれた武芸帖編纂所に、今はただただ縋るしかないのであろう。

その姿には、心打たれるものがあった。

二人の忠臣の熱意は、何とかして鈴姫を別式女に仕立てあげることは出来ぬかと思案しつつも、

「これは諦めて、他所をあたった方が早いかもしれませぬな」

と次第に思い始めていた編纂所の風向きを、押し戻す勢いをもたらした。

とはいえ、

「いかにすれば、姫の荒《すさ》んだ心の内を和ませ、武芸をもって御家再興の道を切り開かんと得心《とくしん》していただくことができようか……」

という件案については、さすがの忠臣二人もこれといって決め手がなく、

「そのことについては、染井村に持ち帰り、姫に気取《けど》られぬよう話し合うてみまするゆえ、しばしお待ちくださりませ」

小六はそのように応え、翌日に訪れた本蔵にこれを託したが、

「主の長助共々、智恵を絞っておりまするが、なにぶん、姫はあの御気性……。念を入れて談合いたさねば、どこぞに行ってしまわれるのではないかと思われまして……」

やはり、しばしお待ちくだされとの応えしかない。

姫の気持ちを落ち着かせることも大事ではあるが、この度の案件は、鷹之介が頭取として将軍家斉から直々に下されたものなのだ。

藤浪家再興への想いもあろうが、新宮家存亡の瀬戸際でもあると、松之丞は思っている。

小六、本蔵の気持ちは痛いほどわかるゆえに、

「互いに御家の一大事でござりまするぞ、早く手を打たねばなりますまい」

しっかりしてくれねば困ると、発奮《はっぷん》を促したものだ。

すると、小六、本蔵が代る代る二度ずつ訪ねてきた五日後に、今度は奥女中で

あったりくが訪ねてきて、

「お姫様のお心は、もう落ち着いておりまする。お心の奥底では、あれこれお気遣いをくださいました殿様のお気持ちを、ありがたがっておられることと存じまする……」

と、言い切った。

あの折は鈴姫の側にいて、何も言葉を発しなかったりくであるが、小六、本蔵よりも尚、側近くに仕えているだけに、その話しぶりには真実味がある。

そして、強い意志が感じられた。

小六と本蔵が福智屋にいても、なかなか鈴姫の本心を引き出せないでいるのに業《ごう》を煮やして、彼女はとうとう一人で訪ねてきたのであろう。

さらに、鷹之介がいかに姫と接すればよいかと問うと、

「それは、お応えのしようがござりませぬ」

これもまた、きっぱりと応えた。

「あのようなお姫様でございます。初めからこうと決めてかかれば、たちまち肩すかしをしてやろうと思われるは必定……」

「なるほど、当意即妙を心得てかからねばならぬのじゃな」

鷹之介はりくの気迫に押され、苦笑いを浮かべたが、

「当意即妙など、お心にかけていただかずともようござりまする」

「左様か……」

「畏れ多いことと存じまする」

「ならば、心得など要らぬとな」

「はい。殿様は、ただお越しくださるだけで、ようござりまする」

「そうかな」

「何も飾らず、想いをお伝えになられる殿様にこそ、お姫様もお心を開かれましょう」

つまり、小細工をせずに正面からぶつかる方がよいと言うのだ。

「何卒《なにとぞ》、よしなにお願い申し上げまする……」

懇願する様子は、小六、本蔵と同じであった。

「よし、もったいをつけずに伺おう。まず会わねば話にならぬ。そなたの話を聞いて、随分と気が楽になった」

鷹之介はりくを労り、彼女をうっとりとさせる笑みを返した。

それが、りくの緊張を解いた。

「お出ましいただいたとて、お姫様のご気性がすぐに変るとも思えませぬ。あれこれと殿様に、無礼を働くやもしれませぬが、平にご容赦願いまする。おかわいそうなお方にございますれば……」

今までは、鈴姫に訪れた千載一遇《せんざいいちぐう》の好機の芽をなくしてはならぬと、ひたすら縋るようにはきはきと物を言ったが、そこはりくも女である。

この先、鷹之介に降りかかるであろう苦難を思うと、己が願望が畏れ多いことだと痛感したのか、涙で声を詰らせた。

鷹之介は心を打たれて、

「気遣うてくれずともよい。そなたがお主《しゅう》のために尽くすように、身共も御公儀への務めを果すのみ。何も苦しゅうはない」

しみじみとした口調で告げると、

「明日から染井村へ通うことになろう。よしななな……」

爽やかに笑ってみせたのである。

二

翌日から、新宮鷹之介の染井村通いが始まった。

本来ならば、公儀武芸帖編纂所頭取としての威厳を見せねばならぬのだが、そういう権威というものを鈴姫は武家ならではのものと嫌い、初めから構えてしまうであろう。

りくが言うように、あくまで一人の男として姫とぶつかり合うのがよかろうと、ただ一人、微行《しのび》姿で伺うことにした。

姫は、町の娘の姿でいるのであるから、こちらも大仰《おおぎょう》な姿は控えるべきだ。

とはいえ、貴人の前に出るのだ。身形はそれなりに整えておかねば無礼になる。

羽織と袴は着し、色合は地味に装い、物持ちの浪人の風情とした。

そして堂々と訪ねんと、福智屋の店先から入り、鈴姫への面談を請《こ》うた。

主の長助は大いに喜んだ。

「あのようなことがあっただけに、もう来てはくださらぬのではないかと、案じておりました」

そうして早速、りくに鷹之介のおとないを告げたのだが、やがて現れたりくは、がっくりと肩を落し、

「申し訳ござりませぬ……。気分が勝れぬと、臥所《ふしど》からお出になられぬのでござりまする……」

消え入るような声で言った。

早速願いを聞き入れて、朝から訪ねてくれた鷹之介に、いきなり無礼を働いてしまったかというやり切れなさが、りくの細い体から放たれていた。

仮病《けびょう》であるのは明らかだが、ここでそれを言い立てたとて、りくが哀れである。

鷹之介のおとないを知って、飛び出てきた村井小六、布瀬本蔵の二人も、ただただ手を合せている。

「左様でござるか……」

鷹之介は実に涼しげであった。このようなこともあろうと端《はな》から思っていたのだ。

先日の様子では、鷹之介を店の奥にある庭にでも通し、そこで散々に悪態をついて追い返さんとするかと思ったが、仮病を使うとは愛らしいではないか。

山猫のような鈴姫もさすがにあれから決まりが悪く、家来達に諫《いさ》められたりして、意気消沈したのかもしれない。

次に新宮鷹之介がやって来たらどうしようか――。

結局、仮病を使うことに決めたのではなかろうか。

鷹之介は小さく笑うと、店の奥の庭に出て、

「左様か、おしず殿は御気色《きしょく》が勝れぬとな。まさか寝所までお訪ねすることもなるまい。しっかりと御養生《ようじょう》なされるようにとお伝えくだされ。いや、とは申せ、あのおしず殿が俄に寝込まれたとは驚いた……。存外に、かよわきお人なのでござるな。それも娘御《むすめご》らしゅうて、少しばかり安堵いたした」

大きな声で臥所の鈴姫に聞こえるように言ったかと思うと、

「おしず殿のことじゃ。二日もすれば本復《ほんぷく》なさろう。また参るといたそう」

小六、本蔵、りくに、目で大事ないと語りかけ、すぐに福智屋を後にした。

長助と息子の菊太郎が、慌てて追いかけてきたが、

「気遣いは無用じゃ。姫や家中の方々の無念を思えば、こうして務めに励んでいられる身がありがたい。染井村通いも苦しゅうはない……」

鷹之介は軽くあしらって、赤坂へと戻っていった。

この機会に、近頃は少しばかり鈍っていた脚力を鍛え直そうと思っていたので好都合だ。

武芸帖編纂所頭取は誰よりも武芸者であらねばならぬのだと、鷹之介は考えている。

——ふふふ、仮病とはよい。

十分収穫はあったと、鷹之介はほくそ笑んでいた。

一方、鷹之介が立ち去った店の奥の庭には、肩を落した小六、本蔵、りくが、しばし佇んでいたが、店とは庭を挟んで建っている別棟の濡れ縁に、

「無礼な奴め！」

と、叫びつつ鈴姫が現れて、庭へと降り立った。

「姫……」

三人は唸るように声をかけたが、鈴姫は憤懣《ふんまん》やる方無い様子で、

「存外にかよわきお人とは何じゃ！　それも娘御らしゅうて安堵いたしたとは、何たる言いよう！　許しませぬぞ！」

と、一気にまくしたてた。

しかし、その怒気には幾分稚気《ちき》が含まれている。

姫がまだ子供の頃から奥に仕えていた三人には、それがよくわかる。

薙刀の稽古が思うように出来ず、口惜しそうな顔を見せた時の面影が今の鈴姫の表情に浮かんでいるのだ。

怒ってはいても、そこに殺伐《さつばつ》としたものはない。実に久しぶりに見る風情であった。

自然と三人の表情も和らいで、

「姫、御気色はもうすっかりと、ようなったのでござりまするかな？」

小六が恭《うやうや》しく言上《ごんじょう》した。

「御気色じゃと！」

鈴姫の目は一瞬吊り上がったが、

「うむ、大事ない。大したことはありません。いや、確かに具合が悪うなったが、あの役人の声が聞こえてきて、怒りに体の疲れがどこかへ消えてしまいました……」

話すうちにしどろもどろになり、

「少し休みます……」

どんなに怒っていても、家来達にはやさしいのが鈴姫の身上である。

「うん……ッ」

と咳払いをひとつして、再び部屋へ戻らんと、踵《きびす》を返した。

本蔵が何か声をかけようとしたが、りくが首を横に振ってみせた。

また二日後に、新宮鷹之介は訪ねてくるであろう。それをどうするのかと、本蔵は訊きたかったのであろうが、今はそれを問わぬ方がよいとりくは見たのだ。

本蔵は、にこりと笑って首を竦めた。

鈴姫の後ろ姿に気だるいものは見えなかった。

どうしようかとは、鈴姫が何よりも思っているであろう。

仮病を使ったことで、鷹之介に子供のようにあしらわれたのだ。

今度来た時は、面と向かって勝負してやる――。

鈴姫はそのように思うであろう。

「あの御旗本は、おもしろいお方でござるな」

本蔵は、鈴姫へ声をかける替りに、ぽつりと言った。

「うむ、真におもしろい」

小六は相槌を打った。

「わしがあの御方であれば、このような気難しい娘を役所に迎えようなどとは思わぬ。どこぞへ行けば、喜んで武芸帖編纂所で面倒を見てもらいたいという武家娘はいるというものを」

りくは神妙な面持ちとなり、

「あの殿様が投げ出してしまわれぬうちに、姫がお心を開かれればよいのですが……」

低い声で言ったが、三人の表情には、やっと差し込んだ一条の光が、思った以上に強い輝きを放っていることに気付かされた喜びが浮かんでいた。

何があっても新宮鷹之介を、この染井村に引き留めておかねばなるまい。

三人はその意思を共有し、黙って頷き合ったのだが、やがて小六が大きく息をついて、

「あの御方の高宮殿という御家来も、さぞかし気を揉まれているであろうのう。あ

れほど涼やかな殿が、忍び姿で染井村通い。これではなかなか立身もままならぬ。ふふふ、だが、あのような殿の下でこそ、お仕えしたいものじゃのう……」

つくづくと言った。

三

それから、三人の藤浪家遺臣は相談を重ねた上で、鈴姫には新宮鷹之介について何も言わずにいた。

鈴姫は床を出ると、いつものように植木畑を駆け回り、長柄の鉈を振り回して枝刈りに時を忘れたが、心の内はどこかそわそわしていた。新宮鷹之介に何として立ち向かってやろうかと思案しているのは、明らかであった。

この次は仮病など使うまい。

正面切って鷹之介に、武芸帖編纂所などには何の興もそそられぬ。行って武芸に携わるつもりはないと言ってやる。

そんな気負いが全身から放たれているのがよくわかる。

姫としては、その溢れ出る想いを、時に外へ放出をしたい。

それゆえ、家来達がそのことに触れてくれたら、ここぞとばかり威勢のよい言葉を並べて、少しばかりすっきりしたいと思っていた。

しかし、そんなことは百も承知の家来達は、ここで鈴姫を勢い付けてはなるまいと、鷹之介の話題を避けたのだ。

「あの御方は、なかなかの御旗本にござりまするぞ。きっと姫の御味方になってくださりましょう」

そう言いたいのはやまやまであるが、そんなことを言えば、鈴姫がますます反発するのは火を見るより明らかであるからだ。

鈴姫と三人の家来。それをそっと見守る福智屋の主の長助と、妻子のお種、菊太郎……。

それぞれが胸に一物を持ちながら、新宮鷹之介のおとないを待ったのである。

鷹之介はというと、鈴姫に仮病を使われた時点でちょっとした手応えを摑んでいた。

姫は先日初めて福智屋を訪ねた鷹之介を、けんもほろろに拒んだことについて、それなりに忸怩《じくじ》たる想いを抱いている――。

それがわかっただけでも、ひとつの取っかかりを見つけられたというものだ。

武芸帖編纂所では、鈴姫が仮病を使ったと聞いて、皆一様に失笑を禁じえなかった。

「これは何度足を運んだとて、無駄になるやもしれませぬな」

大八は眉をひそめたし、

「かくなる上は、頭取が染井村に通われている間に、某も凄腕の女武芸者を捜してみることにいたしましょう」

と、水軒三右衛門は、心当りをもう一度探っていた。

高宮松之丞は藤浪家の遺臣達に同情を覚えはするが、あれほどまでに凜々しき殿に会おうともしない鈴姫への憤りもある。

三右衛門と同じく、彼もまた己が持てるすべての伝手《つて》を頼って、凄腕でなくともよい、ほどほどに強い女武芸者を見つけ、三右衛門と大八に託さんと考えていた。

小六、本蔵、りくが知れば大いに嘆くような状況にあって、鷹之介は自分でも驚くくらいに落ち着いていた。

——急がば回れだ。

扱い辛いことこの上もない鈴姫であるが、小松杉蔵と松岡大八を唸らせたほどの術の持ち主は滅多にいない。

何としてでも、この姫を武芸帖編纂所に連れ帰る。

他所をあたるよりもその方が近道だと、鷹之介は思っていた。

さらに、一度会った時の印象の強さが彼の脳裏から離れずにいた。

亡父・孫右衛門は、

「初めて会うた時に、よきにつけ悪しきにつけ、心の内にその面影がこびり付いた相手とは何かしらの因縁があるゆえ、その縁を絶やすではないぞ。よいか。よきにつけ悪しきにつけ、じゃぞ」

鷹之介に何度かそう言った。

そしてそれは多くの場合で、当っていた。

剣の師・桃井春蔵直一《もものいしゆんぞうなおかず》もそうであったし、近頃では水軒三右衛門がそうであった。

印象が強くとも心に残らぬ者もいる。しかし、何日経っても初めて見た時のことが鮮明に心の内で蘇る相手は、

——自分にとって何かある。

そのような存在だと、青い人生の中で鷹之介は悟っていた。

たとえ鈴姫が別式女にならぬままに終ってしまっても、何かしらの意義がそこにはあるはずだ。ぶつからぬままで避けてはならない。

鷹之介はそう思うのである。

彼の頭の中には、鈴姫の容姿、声、仕草がしっかりと焼き付いている。

煩わしいからといって、これを避けたのでは将軍家斉に対して申し訳が立たないのだ。

一旦そうと決めたら、鷹之介の足取りは軽かった。

二日後にはまた、福智屋の店先から堂々と鈴姫を訪ねて、

「そろそろおしず殿の具合もようなった頃でござろう。なに、固苦しい挨拶はいらぬ。まず奥の庭へまかり通るぞ」

さっさと、件の庭へと出た。

この間、りくが駆けて姫に鷹之介のおとないを告げた。

鈴姫は、既に植木畑の片隅で、稽古用の薙刀を手に型の稽古をしていたところで

あった。

「何、頭取が……」

鈴姫は、逸《はや》る心を抑えて、こともなげに応えた。

しかし、心を落ち着かせるために、今は長柄の鉈ではなく稽古用の薙刀を振っていたのに気付き、

「長柄の鉈が見つからぬゆえに、これで枝を刈ろうかと思うてな」

と、苦しい言い訳をした。

武芸帖編纂所頭取のおとないを、薙刀術の稽古をしつつ迎えた恰好になっていたからだ。

りくは頬笑みつつ、

「鉈はすぐに探しておきましょう。いかがなさいますか」

と、伺いを立てた。

「相手はご公儀の役人なのであろう。会わずにいれば、長助殿に難儀が及ぼう。会いましょう」

と、薙刀をりくに手渡すと、庭へと向かった。姫の姿を認めた鷹之介は小腰を

折って、

「これは姫、御機嫌麗《うるわ》しゅう……」

「麗しゅうはございませぬ」

鈴姫は、機先《きせん》を制さんと、冷徹に言い放った。

「左様でございまするか。薙刀の稽古をなされていたゆえ、すっかりと具合もようなられたかと思いましたが」

鷹之介はにこやかに応えた。

鈴姫は、一瞬言葉に詰ったが、

「先だっての編纂方の大きなお人といい、編纂所のお役人は、覗き見がお好きと見える」

と、すぐに言い返した。

「いえ、決して覗き見したわけではございませぬ。庭へ通ってみれば、遠くに薙刀の稽古をされている姫のお姿が見えたまで」

鈴姫は何かまた言い返そうと思ったが、どこまでも堂々たる態度で、しかもにこやかな笑顔を向けられると、適当な言葉が見つからず、

「して、何用があって参られたのです」

余計な話をしては、相手の調子に乗せられてしまうと考え直して、澄まし顔で訊ねた。

「はて、それは知れたこと。先だっては話にならなんだ一件を、改めて伺いに参ったのでござる」

「わたしに、武芸をもって身を立ててはどうかという……？」

「いかにも」

「ふふふ……」

鈴姫は、落ち着き払って、笑みを浮かべてみせた。

新宮鷹之介が来たら、このように言ってやろうと、姫なりに考えていたのである。

「頭取は、何やら勘違いをなされているようじゃ……」

「と、申されますと？」

「わたしは武芸が好きなのではござりませぬ。たまさか武家の娘に生まれ、心得として習わされた薙刀が、人より上手に遣えただけのことなのです」

「人より上手に遣えたというは、姫に天分の才があったということにござる。天から与えられた才は、人の求めに応じて生かすべきと存じまするが」

「そもそも、わたしはもう姫ではございませぬ。植木屋の厄介者にございまする。もしも、その天分の才とやらがあったとすれば、今は植木屋の娘として生かしとうございまする」

「なるほど。それが枝を刈ることなのでございまするな」

「左様にございまする」

「枝を刈りつつ、薙刀の稽古をなされているようであったと、聞き及んでおりまするが」

「枝刈りは枝刈りでございまする」

「ならば、是非その枝刈りを拝見いたしとうござる」

「ようございまする」

鈴姫は鷹之介を植木畑へと連れて行き、りくから長柄の鉈を受け取り、枝を刈り始めたが、そこに薙刀の術はなかった。

ただ、植木職人がするように、淡々と鉈を揮い枝を刈るに止めた。

「それは、松岡大八が見た枝刈りとは違いますな」

鷹之介は苦笑いを浮かべた。

「枝刈りで無聊を慰めているなどと、勘違いをされても困りますゆえ、この後は他人と同じように刈るつもりにござりまする」

「う〜む。これは一本取られましたな……」

鷹之介は大仰に唸ってみせた。

「そのように言われては、今日のところは引き返すしかござりませぬな」

何とも気持ちのよい負けっぷりのよさに、鈴姫の表情は和らいで、

「そうなされるがよろしかろう、いえ、そうなされてくださりませ……」

勝ち誇ったように言った。

「さりながら、この新宮鷹之介も、武芸帖編纂所頭取の務めを果さねばなりませぬ。薙刀術の遣い手をみすみす植木屋に留め置くわけには参りませぬ」

「ならば、また来ると……？」

「いかにも」

「それはなりますまい」

鈴姫は、鷹之介とのやり取りを楽しむように、

「三顧《さんこ》の礼、という言葉がござりまする。本日お見えになったのは、これで三度目。四度訪ねるのは、あるまじきこと」

またも澄まし顔で言った。

「いやいや、三顧の礼とは、身分高き者が、身分無き者に対してするものでござる」

「御旗本が植木屋の娘を訪ねるのは、これに等しきことではござりませぬか」

「旗本と申しても、たかだか三百俵取りの軽輩《けいはい》。五万石の御大名の姫君を迎え入れるのでござる。何度でも訪ねてしかるべきかと存ずる」

「五万石？　ほほほ、そんなものはとうにござりませぬ」

「五万石が無《の》うなったとはいえ、御家の血筋と面目は、姫の体の中に残っているはずでござる。わたしはそのようなものを大事にしとうござる。また、滅びつつある武芸を先の世に語り継ぐのが武芸帖編纂所の務め。得心がいくまで通わせていただきますぞ。御免……！」

鷹之介は、この度もまたあっさりと帰っていった。

その背中を見送る鈴姫は、何とも言いようのない複雑な表情をしていた。

何度参られようが、同じことでござりまするぞ――。

そのように叫びたい想いだが、小六、本蔵、りくの三人が、感じ入った様子で、鷹之介に頭を下げているのを見ると、言葉が出ないのである。

――あの爽やかで、涼しげで、何のてらいもなく美しい言葉を口にする若侍は何者ぞ。真に忌々《いまいま》しい。

そのように思う反面、あの美しい言葉がすっと心の奥に入ってくるから困る。

鈴姫の複雑な表情には、そのような心の動きが表れているようだ。

鷹之介は、ひとまず今日は言いたいことが言えたと、満足を覚えていた。

鈴姫は、自分を負かしてやろうと待ち受けていた様子であった。

まず相まみえねば、勝ちも負けもないのである。

店先へ出て、

「おしず殿は、御気色もようなられた由。また参ろう。見送りは無用」

主の長助に言葉をかけると、鷹之介は足取りも軽く、帰路についた。

植木畑を仕切る柴垣が続く道に出た時。

若い者達が柴垣に寄って中を覗きながら、話しているのが見えた。

近所の若い男達が、福智屋のおしずという謎めいた娘に熱を上げているのだろうか。

――いや、そうではない。

堅物の鷹之介にも、それくらいはわかる。

男達は何やら物々しい様子で、一様に着物は下馬《したうま》に三尺帯《さんじやくおび》、その辺りの破落戸《ごろつき》の風体である。

鷹之介が通りかかると、男達は柴垣から身を離し、知らぬ体を装いながらも、鷹之介に刺すような目を向けていた。

「珍しい娘がいるから、ちょいとからかってやろうじゃあねえか」

大方そんなところであろう。

ただの植木屋の娘なら気にもなるが、たとえばこの連中が鈴姫に絡んだとて、またたく間に叩き伏せられよう。

村井小六も布瀬本蔵も若くはないが、奥用人を務めた武士である。いざとなれば鬼女の眷属《けんぞく》と化すであろう。

何を気遣うことなく、通り過ぎたのであったが、

——やはり姫は一刻も早く、武芸帖編纂所に迎え入れねばなるまい。

歩みを進めながらそう思った。

今までは改易の後ということで、ひっそりと暮らしてきたわけだが、いつまでもこの植木屋の中だけで暮らしていけるものではない。

外の者と触れ合った時は、一見したところ細身で美しい姫に、不用意に近付く者もいよう。

その時、そ奴がどのような目に遭うか、考えるだに恐ろしい。

姫の荒ぶる心を鎮めるには、武芸者としての矜持《きょうじ》と心得を身につけさせるのが何よりであろう。

——さて次は、いつ訪ねようか。

またその折は、遠路はるばる来なければならないのだが、鷹之介の心の内は不思議なほど躍っていた。

閑職《かんしょく》でも頭取の任を背負い、日々歳上の武芸者と過ごす身には、手裏剣の春太郎といい、若い武芸者との触れ合いが楽しかったのかもしれない。

四

桜がいよいよ咲き誇るようになった。

「今年の桜を見ていると、何やら気が急《せ》いてならぬ」

鷹之介は、日に日に花房を開く桜の木を恨めしそうに見ていた。

桜が散る頃までには、鈴姫を武芸帖編纂所に連れ帰り、別式女に仕立てて大奥へ送り込まねば、将軍家斉に対して面目が立たない。

かといって、ただがむしゃらに誘っても成果が上がるとは思えない。どんな時でも落ち着いて、相手と接するべきであろう。

「頭取、焦る気持ちはわかりまするが、人を口説くには、駆け引きがござる。少し間を空けた方がよろしかろう」

水軒三右衛門は、鷹之介の心中を読み取り深川に誘った。

「鈴姫とて女子でござる。女の心の動きを読まねばなりませぬぞ」

「なるほど……」

鷹之介は、しかつめらしく頷いたものだが、

「もう少し肩の力を抜きなされ」

それでは女の心など読めぬと三右衛門は言う。

「肩の力を抜いて何としよう」

「そこは春太郎の智恵を借りましょうぞ」

「うむ、それがよいな……」

先日は、春太郎を別式女に仕込もうとしたが、まんまと逃げられてしまった。

それ以後、春太郎には会っていなかったので、気になっていた。

こちらの方から深川へ足を運び、

「その折はすまなんだな。もうお前を別式女にしてしまおうなどとは思わぬゆえ、また武芸場に遊びに来てくれぬか」

と言って、けりをつけておきたかったのである。

そうして、松岡大八、中田郡兵衛も伴い、いつものように〝ちょうきち〟へ行って一杯やると、随分と肩の力が抜けた。

春太郎は何もなかったかのように座敷へやって来て、鷹之介に件のごとく詫びを

入れられると、

「ふふふ……。詫びていただくようなことでもござんせん。わっちも随分と楽しませていただきました」

一笑《いっしょう》に付《ふ》した。

「それで、好《い》いお人が見つかったんでございますか？」

鷹之介が、藤波家の名は出さずに、

「今では落魄してしまった武家の姫なのだが、凄腕なのはいいが、お前より尚、気難しい女子でな」

手短に現状を語ると、

「逃げ出したわっちが言うのもおかしゅうございますが、ちょいとその姫に妬けちまいますねえ、ふふふ……」

春太郎は冷やかすように笑った。

「笑いごとではないぞ。春太郎、教えてくれぬか」

鷹之介は、ここに至っても生真面目に問うた。

「何をお教えすればいいんですよう」

「その気難しい姫を、いかに口説けばよいかだよ」

「口説く？」

「つまり何だ。いつまでも世を拗《す》ねておらずに、己が身についた武芸をもって御家再興の道を歩めるよう我らが尽力いたすゆえ、ここはひとつ、武芸帖編纂所に来てはもらえぬかと……」

「そういうことですか」

「次はいつ頃、足を運べばよいか。まずそれが知りたいのだ」

「そんなら、今日を含めて三日空けておけばようございますよ」

「そんなに空けねばならぬか」

「そのお姫様は、お話から察しますに、鷹旦那がまたすぐに訪ねて来ると思っているのでは？」

「恐らくは……」

「ところが新宮鷹之介は次の日も、またその次の日も、姿を見せない。そうなると、どこか寂しくなるものです」

「なるほど、そのようなものか」

「頭取みたいな涼し気な若いお侍なら、尚のことです」

「おい、そっちの口説くではないぞ」

「わかっておりますよ。どうせなら、自分と歳が近い、美しいお侍の方がいいってことですよ」

「春太郎の言う通りですな」

三右衛門が、感じ入ってみせた。

「たとえ相手が気に入らぬ男であっても、自分を認めてくれているというのは嬉しいことでござる」

「うむ、自分を望んでくれる者がいるというのは、確かに嬉しい」

「それがふっと訪ねてこなくなると、寂しくなるんですよ」

春太郎はニヤリと笑った。

「そうだな。朴念仁《ぼくねんじん》のおれでも、その気持ちはわからぬことはない」

鷹之介は神妙に頷いて、

「それが、三日なのだな」

「はい。あまりに空けちゃあ、気持ちも冷める。やきもきしていることにふと気が付くと、頑なになってしまいますからねえ。といって、すぐに行っても面倒な奴だと思われる。女というのはややこしいんでございますよ」

「よし、ならば三日空けてみよう」

「それがようございますよ」

「その頃は、桜も満開であろうな」

「風情があってようございますよ」

「うむ……、だが咲き誇ると桜はすぐに花を散らせてしまう」

桜がすっかり散ってしまった頃には、姫を別式女として家斉の御前に連れていかねばならぬと心に誓っていただけに、この三日動けずにいるのは実にもどかしかった。

「焦っちゃあいけませんよ。女の心ってものは、壊れやすいんですから……」

「ああ難しい。おれには難しい」

嘆きつつ盃《さかずき》を干す鷹之介を宥めるように、

「仕方がありませんよ。植木屋でのんびりと暮らしている娘を引っ張り出してきて、武芸を仕込んで、奥向きに送り込むんでしょう。こいつはちょいと、女郎屋《じょろうや》のおかみのすることに似ておりますからねえ」

「女郎屋のおかみだと……？」

鷹之介は一瞬気色《けしき》ばんだが、考えてみれば、春太郎の言う通りである。

山だしの娘に芸を仕込んで、磨きあげ、傾城《けいせい》に仕立てて廓《くるわ》に送り込む——。

していることは、さして変わらないのかもしれない。

それにしても酷《ひど》いことを言う奴だと、しかめっ面をすると、

「ふふふ、こいつはとんだご無礼を……。その想いを忘れずに気遣ってさしあげれば、姫も情にほだされるってもんですよ」

と、詫びながら春太郎は酒を注ぐ。

「女は壊れやすいゆえ、気をつけてかからねばならぬ、か……。うむ、三日空けてみよう」

鷹之介は、女の不思議に何度も頷きながら、春太郎の白く細い指先を眺めていた。

五

「頭取はお見えになりませぬな……」

布瀬本蔵が溜息をついた。

「うむ、あれから三日の間、お姿が見えぬとはな……」

村井小六が力なく相槌を打った。

果して新宮鷹之介は、

「得心がいくまで、通わせていただきますぞ……」

と、言い置いて立ち去りながら、三日の間染井村に現れなかった。

「あのように仰せであったが、屋敷に戻ってから、色々と思案なされたのかもしれぬ」

小六は低い声で言った。

「そうかもしれませぬな……」

新宮鷹之介は、ただ務めとして染井村に足を運んでいただけではない。

彼の立居振舞い、言動には、藤浪家への敬意が込められていたし、役儀を離れたところで、鈴姫に対する情を持って相対してくれていた。

鈴姫を武芸帖編纂方として迎え入れたとて、鷹之介にとってどれだけの手柄になるかわからない。

かえって、面倒を抱え込むことになるかもしれぬ。

それを承知で、鈴姫の出自と武芸に想いを馳せ、鈴姫の無礼にも泰然自若《たいぜんじじゃく》として向き合ってくれたのだ。

二人の忠臣が、

「この御方こそ、救いの神……」

そう思うのも無理はない。

しかし、二人が鈴姫の身を案じるように、鷹之介の身を案じる者達もいよう。

「そのような姫にいつまでも関わり合いになられていてはなりませぬ」

などと諫められているのかもしれない。

「もうお越しになられぬかな……」

小六は大きく息をついた。

二人は植木畑で草木の世話をしていた。

まだ枝ぶりが頼りない彼岸桜に水を与え、形を整えながら、互いに労り合うように鷹之介の噂をしているのだ。

奥用人を務めていた頃から、庭の手入れは得意であった。

かつては庭廻りの下男であった、長助の下で働くことになるとは思わなかったが、植木についての造詣《ぞうけい》の深さと、庭造りの腕前がずば抜けていた長助を、

「我らの庭造りにおける師じゃ」

と、その頃から公言して教えてもらっていたので、植木職人の一人として福智屋に奉公するのは苦にならなかった。

長助は何事にも心得た男で、主筋の姫の世話をするのは栄誉なことであると思っていたし、小六と本蔵を表向きは店の奉公人として扱ったが、下男であった頃に世話になった二人への敬意は決して忘れていなかった。

四日前、鷹之介が帰った後、鈴姫は小六、本蔵、りくを側へと呼んで、

「わたしは今の暮らしに満足しています。草花を愛《め》で、育てる……。この二年の間、そのこつが随分とわかってきた。これからは長助殿の助けとなれるように努め、こ

の福智屋を、日の本一の植木屋にしてみせるのが、しずの望みです。御家を店に置き換えてみればよいだけのこと。ここにいれば、平穏無事《へいおんぶじ》に暮らしていけるでしょう。皆のことも決して粗略《そりやく》にはいたしませぬぞ」

と、告げていた。

忠義に、武家も植木屋もない。

旧主・藤浪豊後守の意思薄弱と、江戸家老・楢山大膳の専横《せんおう》に、運命を弄ばれた鈴姫が労《いたわ》しく、姫が武家の暮らしに戻りたくないというならば、別なるところで心安らかに暮らしていけるようお仕えしたい――。

その一心で長助を頼った。

長助も歓迎し、鈴姫も満足をしているのなら言うことはない。

しかし、彼らも藤浪家の家来として生きてきた武士の一念がある。

武士とは家名を上げ、主君への忠義を貫く、武をもって生きる者である。

新宮鷹之介の登場によって、彼らの魂が胸の中で躍り出したのだ。

かの赤穂《あこう》浪士とて、浅野内匠頭《あさのたくみのかみ》の弟・大学による御家再興の願いを最後まで持ち続けたという。

鈴姫にやさしい言葉をかけられると、何も言わずに、このまま植木職人として仕えようかと心は揺れるが、

「果してそれが、武士としての正しい生き方なのか」

と、魂は叫び出す。

小六、本蔵、りくは、姫がいかに植木屋の娘のまま暮らしたいと望もうが、時がくれば、己が一命をかけて、鈴姫によって藤浪家の再興を成しえねばならぬと密かに誓い合っていた。

それゆえに、鷹之介が三日来ぬとなれば、胸をかきむしられる想いであったのだ。

芸者・春太郎は、

「三日空けておけばようございますよ……」

と、鷹之介に伝えた。それはまず家来二人をやきもきとさせていたのだが、さて、鈴姫はというと、この日は外に出ず、植木について記された書を一心不乱《いっしんふらん》に読んでいた。

一心不乱に読むのは、ある者の影を消したいからであった。

ある者の影が、新宮鷹之介であるのは言うまでもない。

春太郎の見方は当を得ていた。

鷹之介が福智屋に来たその翌日は、姿を見せなかった彼に対して、

「頭取とやらが来ぬと、何やらほっとするわ」

鈴姫は、せいせいしたという表情を終始浮かべていた。

そして二日目になると、

「ふん、得心がいくまで、などと言いながら、存外にいい加減な男よ」

と、平然としていたが、三日目の昨日になると無口になり、今日と同じように書見で時を過ごしていた。

来れば、どのように応対しようか――。

長柄の鉈での草刈りを所望された時は、今度は鎌を使うか、鋏《はさみ》を使うかして煙《けむ》に巻いてやろう。

薙刀術をもって、武家の暮らしに戻るべきだと説かれたら、

「薙刀術、もうそのようなものは忘れてしまいました。悪い者でも、人を斬るのはもう御免にござりますれば……」

そのように応えてやろうと考えていたというのに、来なければそんな思案もすべ

て無駄になるではないか――。

だが、裏返せば、それは新宮鷹之介ならば、自分の千々に乱れる胸中を理解し、受け止めてくれるのではないかという、少しばかり浮わついた心の表れであった。

藤浪家改易の後、かつての家来達に付き添われて、不自由なく暮らしてきたが、家が没落したとて、鈴姫に正面切って意見する者はいない。

貴人の娘には、友といえる存在などない。肉親との触れ合い、夫となるべき男との夫婦の会話の他に、胸襟を開いて語り合える相手などいないのだ。

それを思うと、新宮鷹之介とのやり取りは鈴姫にとっては実に新鮮で、おもしろみのある一時であった。

もしも自分に、頼りになる兄がいれば――。

父・豊後守への不満や、家中の者についての評など、何かというと聞いてもらえたかもしれない。

鷹之介と触れ合うと、そんなことを考えてしまうのである。

かといって、武芸帖編纂所などという、聞いたことのないような役所に今さら行くのは御免である。

小六、本蔵、りくは、そこへ行けば、藤浪家の再興に繋がるのではないかと思っている節があるが、自分は女である。

薙刀の腕ひとつで、いかにすれば御家の再興が叶うのか。

もしもそこで誰かに見初められて縁談が舞い込んできたとしても、家も禄も定まらぬ身に、婿養子がとれるはずもないのだ。

新宮鷹之介は、五万石の大名の姫であった身が、植木屋にいて枝を刈っているのを労しいと思い、それよりは、女武芸者として身を立て、そこから世に出る方がよいと、真摯《しんし》に考えてくれているのであろう。

だが、もう武家の暮らしには、ほとほと疲れたのだ。

とはいえ、あの新宮鷹之介とは話してみたい。

武芸帖編纂所に行く気はないが、先日のようにやり合ってみたい。その気持ちは心の奥底で渦巻いていた。

それが自分の我儘であることは鈴姫とてわかっているが、少々の無理は通してきた姫君の頃の習性が、すぐに抜けるものではなかった。

――会いたい。会って、あの真面目くさった若武者を困らせてやりたい。

この会えぬ三日で、鈴姫の気持ちは、高まっていた。

そこへ鷹之介は、満を持して福智屋へとやってきたのである。

来訪を告げたりくの表情も明るかったが、それを聞いた鈴姫は、不覚にも、

「おお、参られたか！」

思わず満面に笑みを湛えて、立ち上がっていた。

六

村井小六と布瀬本蔵は、喜び勇んで成り行きをそっと見守った。

何よりも嬉しかったのは、明らかに鈴姫の顔が生き生きとしていたことであった。

薙刀の稽古が満足いくまで出来た時、自らが育てた桃の木に花が咲いた時、鈴姫が見せた屈託のない表情を、今久しぶりに窺い見られたのだ。

過日と同様、店と鈴姫の住居になっている別棟との間にある中庭に、新宮鷹之介はやって来た。

小六と本蔵は、何も言わず、ただ祈るような目で鷹之介を見つめて、恭しく頭を

下げた。

鈴姫は、いそいそと植木畑へと出ていた。

りくが鷹之介を迎えに来て、

「もう、お越しくださらぬかと案じておりました」

囁くように言った。

「いや、あれこれと考えてからお訪ねせぬと、たちまち一本取られてしまうゆえにな……」

鷹之介はにこやかに応えた。

小六、本蔵、りくを見るに、三日をおいてやって来たのは正しかったようだ。

それがまず鷹之介を満足させた。

りくに連れられて植木畑に行くと、つつじの木の前に鈴姫がいて、いつもの町娘の風情ではあるが、楚々《そそ》として畏まっていた。

——うむ、三日空けたは、姫にも効き目があったようじゃ。

鷹之介は、ほくそ笑んだ。

鈴姫は、先日よりも明らかに表情が和み、朱がさしていた。

今日、色よい返事はもらえずとも、一歩前へ踏み出した感があった。

「これは殿様、お越しでござりましたか……」

鈴姫は堂々たる口調に親しみを込めて、鷹之介に頭を下げた。

鷹之介の表情も自然と緩《ゆる》んだ。

「長柄の鉈の妙技を拝見仕らねば、参った甲斐もござらぬゆえに」

鈴姫は、待ってましたとばかり、

「長柄の鉈？　もうそれは忘れてしまいました。今はこの鎌で枝を刈っておりますれば」

この日の鈴姫は、長柄の鉈を携えていなかった。鷹之介が来たら煙に巻いてやろうとして用意した鎌で、ゆっくりと刈り始めたのであった。

「う～む、鎌でござるか……」

どこまでも逆らう奴だと、さすがに鷹之介も頭にきたが、鈴姫はいかにして鷹之介を怒らせてやろうかと考えているようである。

――それならこちらもからかってやろう。

鷹之介はニヤリと笑うと、傍らの桜の木の下に置いてあった鎌を拾い上げ、

「ならばお手伝いをいたしましょう」

と、鈴姫の横で、このところ小松杉蔵によって習い覚えた鎌術を駆使して、

「えいッ！」

とばかりに枝を刈り始めた。

上から下へ、下からすくい上げるように――。

時に鎌の柄を逆手に持ち替え、鷹之介は枝刈りに挑んだ。

鈴姫は目を瞠《みは》った。

鎌は鷹之介の手の内で躍り、つつじは見事に刈られていく。

武芸帖編纂所頭取とはいえ、書物整理の官吏としか見ていなかった鈴姫であった。

先日、覗き見していたのを捕らえた松岡大八も、その腕のほどが知れなかったので、たかがしれた役所だと思っていたのだが、

「さては、真の武芸者の集まりか……」

と、考え直さずにはいられなかった。

枝刈りは、鈴姫が得意にしていたものであったゆえ、自分が使えぬ鎌を操る姿を

見ると、鈴姫はたちまち鎌術に興をそそられた。

「鎌術を習いたいと申されるなら、武芸帖編纂所の武芸場へお越しくだされ。いつでもお相手仕りまするぞ」

相変らず鷹之介は、やさしい眼差しを向けてくる。

武芸の筋は抜群で、指南役からはいつも誉められていた鈴姫である。鷹之介について武芸場へ行って、鎌の遣い方を学べば、さぞおもしろかろう。

己が武芸の腕前を見せつけてやりたいと思ったが、鈴姫はそのような素直な想いを、他人にぶつけられぬ気性であった。

「それは楽しそうにございますが、そのような物騒な術を身につければ、また人を殺めてしまいそうで、恐うございます……」

その一言で応えた。

鈴姫とすれば、鷹之介のような相手を黙らせる奥の手であったのだが、生真面目な鷹之介には、いささか利き過ぎた。

——そうであった。悪逆《あくぎゃく》の奸臣とはいえ、姫は三人もの命を奪っているのであった。

さぞかし心の傷は深いものであろうと、改めて純真な想いで気遣わんとしたのである。

しかし、姫は鎌術には興をそそられたようだ。さらに鎖鎌術を見れば喜ぶであろう。

ここは、またさらりと引くべきだ。鈴姫の心を乱してはなるまい。

武芸帖編纂所なるところがどのような役所なのかを、少しずつわかってもらうことがまず大事なのだ。

「姫、武芸には、人を活かすための剣、即ち〝活人剣《かつじんけん》〟の心もござる。そのような話もまた、武芸場でいたしたきものにござりまするな」

鷹之介は真顔で言葉を返すと、再び鎌を振り、型を見せ、

「鎌術、さらに鎖鎌術だけではござらぬ。我らの武芸場には、時折、手裏剣術の遣い手の女が遊びに来ます。楽しゅうござりまするぞ。是非一度、お越しくだされ、お待ち申し上げておりまする。本日はこれにて、御免……！」

この日も早々に帰ったのであった。

鈴姫は、はらはらと舞い散る桜の花片を身に浴びて、颯爽《さっそう》と立ち去る新宮鷹之介

の後ろ姿を、しばし眩しげに見つめていたが、

——もう帰るのか。あれこれ言い負かしてやろうと思うたに。愛想のない男じゃ。

やがて眉をひそめて、鎌を拾い上げて構えてみせたが、その目にふっと鋭い光が宿った。

遠く柴垣の向こうからこちらを窺う、怪しげな男達の姿を認めたのだ。

七

——焦るな。桜は散りゆくが、焦るではない。

今日もまた、すごすごと立ち去ることになった自分に、鷹之介は言い聞かせていた。

先日の、雪だるま師範がいる大原道場に通った馬鹿馬鹿しさを思うと、この染井村通いは、目的がはっきりしているだけに意義がある。

鈴姫が、初めて会った時に見せた、頑なな様子からは想像も出来ぬほど、彼女は鷹之介の話に聞く耳を持ってくれるようになった。

姫が機嫌のよい間に、何かひとつでもいいから、心に残る言葉を残し引き上げる。

これを繰り返せば、そのうち姫もわかってくれるであろう。

将軍家斉の御前に送り出すのは、

「鷹め、これほどの腕を持つ女子を、よくぞ見つけて参ったものじゃ」

そのように家斉が唸ってくれるだけの女武芸者でなければならない。

それにはやはり、鈴姫が必要であった。

――だが、考えてみれば、自分はまだ鈴姫の腕のほどを見ていなかった。

松岡大八と小松杉蔵が認めているのであるし、鈴姫の物腰を見ていると疑う余地はないが、

「わたしの武芸を一度も見ぬうちから編纂方になれとは、いささか乱暴でござりまするな」

などと、姫に言われかねない。

――焦ってはならぬ、まずひとつひとつ門をこじ開け、本丸に迫るのだ。

いつもと同じく、長助、お種、菊太郎に見送られて店を出た鷹之介であったが、
今日は菊太郎がしばらく付き従って、

「このところ、この辺りにおかしな連中がうろついておりますので、お気をつけくださりませ」

と、囁くように告げた。

「左様か。そういえば、先だっても柴垣に取り付いていた者がいたようだが……」

「はい。山花屋《やまはな》という植木屋の倅《せがれ》がとんでもない極道者《ごくどうもの》でございまして、悪い仲間を引き連れているのでございます」

山花屋の倅は百合之助《ゆりのすけ》という。

植木屋は、町外れで広い敷地を有する。そこを破落戸《ごろつき》達は巣にして、小博奕などもしているようだ。

「それは困ったものだな。同じ植木屋の息子でも、そなたとは大違いじゃ」

鷹之介は、菊太郎を気に入っていた。

まだ二十歳になるやならずの若者で、身は引き締まっていて、精悍《せいかん》な顔付きをしている。

父親の主筋であった藤浪家への忠心もしっかりと持ち合せていて、何よりもよく働く。

「主殿も、よい跡取りがいて、先行きが楽しみであろうな」

「いえ。わたしなんぞ、まだまだでございます」

照れ笑いを浮かべる様子も、男の愛嬌に溢れている。

「身共のことなら案ずることもない。そなたこそ、気をつけて、な」

鷹之介はにこりと笑って、菊太郎の広い肩をポンと叩いた。

「左様でございました。殿様ほどのお方なら、あんな連中など恐るるに足らず、でございました。それではまた、きっとお越しくださりませ」

菊太郎は畏まると、小走りに立ち去った。

この若者もまた、鷹之介が来てくれなくなるのではないかと、案じているようだ。

今は、そのことを訴えたかったのであろう。

——うむ、よい男じゃ。

鷹之介は、いつかさらに大身の旗本となった折は、あのような男を二、三人召し抱えてみたいと夢を膨らませて、

「ふッ、そんな日がくるものかな……」

今目の前にあることをこなすのが先だと、また一人とぼとぼと歩き出した。

微行で出かける鷹之介であるが、

「ただお一人というわけには参りませぬ」

と、原口鉄太郎が吉祥寺《きちじょうじ》に鷹之介を待っている。

「まずは、あの忠臣に田楽《でんがく》のひとつも食わせてやろう」

と、帰りの道を急がんと歩き出したのだが、鷹之介は往還《おうかん》に出る小道で、何やら胸騒ぎに襲われた。

おびただしい殺気に充ちた眼差しが、自分を見据えているような——。

何とも嫌な気配がするのだ。

今しも、菊太郎が山花屋なる植木屋の極道息子の話をしていただけに、心地が悪かった。

思い出してみると、菊太郎は何か言いたげであったが、余計なことを言ってはならぬと立ち去ったのかもしれない。

もちろん、町の破落戸が何人うろついていようと、何臆することのない鷹之介である。

むしろ、このところのすっきりしない想いを、そ奴ら相手に晴らしたくなってきている。

小姓組番衆を務めていた頃には、考えられない想いである。

それは幸せなことなのか、不幸せなことなのか――。

さらに、もうひとつの殺気が大きなものとなって迫ってきた。

――いよいよ、おもしろくなってきた。

鷹之介はほくそ笑むと、悠々と歩みを進めた。

すると、杉の大樹の下で呻き声をあげている、若い男の姿が目に飛び込んできた。

男は苦しそうに腹を押さえて、

「お、お武家様……。どうか、お助けくださいまし……」

鷹之介に縋った。

「いかがいたした……？」

破落戸の連中に絡まれ、痛い目に遭わされたのかもしれぬ。

鷹之介は、男の傍へと寄り添った時であった。

鷹之介の足下が崩れ、彼を地中に呑み込んだ。何とそこには落し穴が掘られていたのだ。

――おのれ……。

まったくの油断であった。

小道は昼なお暗い杉並木で、日が陰り始めていた今、まさかそこに落し穴があるなどとは思いもかけなかったのだ。

腹を押さえて倒れていた若い男が、大笑いするのが聞こえた。

鷹之介は、二間《けん》くらいの深い穴の下に落ちたが、そこは武芸に秀でている。落下しつつ、身をこなし、巧みに地下に着地していた。

へらへら笑う声はさらに増した。

「若旦那、うめえもんですねえ」

そのうちの一人が言った。

腹を押さえて倒れていたのは、どうやら菊太郎が言っていた、百合之助という植木屋の倅であるようだ。

「へへへ。侍なんてちょろいもんだ。あの三一《さんぴん》は、福智屋の用心棒に違えねえ。ちょいと訊ねてやろうじゃあねえか」

話しぶりでは、この連中は福智屋ともめているか、恨みを抱えているようだ。

菊太郎が気をつけるようにと注進してくれたのに、真に情けないことであった。

――穴があったら入りたい。いや、もう入っているか。

我ながら情けなくなってきたが、穴に落ちたくらい何ほどでもない。

大刀を鞘ごと腰から抜いて、下げ緒をほどくと、穴の上の様子に神経を集中させた。

「上から岩でも落してやるか……」

百合之助らしき声がさらに聞こえ、いくつかの黒い影が、穴の周りに寄ってきた。

「そこをのけ……」

上で若い女の声がした。

女の声は、鈴姫のものであった。

――ほう、助けに来てくれたか。

鷹之介はほくそ笑んだ。先ほど覚えたもうひとつの殺気が、鈴姫のそれではないかと、見当をつけていたからだ。

今の鷹之介には見えぬが、鈴姫は長めの竹の棒を携えて地上に現れて、百合之助達を見咎めていた。

「お前達は、この前の仕返しをしに来たのか」

鈴姫は、初めて会った時と同じ、厳しい口調で百合之助に迫った。

固太りで暴れ熊のような凶暴な目付きをしている百合之助は、じっと睨み返して、

「ふん、仕返しを恐れて用心棒を雇ったようだが、とんだ間抜けだったな」

「間抜けはお前達だ。用心棒？　そんな者を雇わずとも、お前達など何も恐くないわ」

「やかましいやい！　とにかくお前は一人だ。この前は、皆、酒が入っていたから不覚をとったが、今日こそは思い知らせてやるぜ……」

百合之助は仲間達を見回すと、穴から離れて鈴姫を取り囲んだ。

彼らは総勢六人。各々棒切れを手にしている。

「ふッ、女を相手に六人がかり。しかもその棒切れで打とうというのか。真に世も末じゃな」

鈴姫はまったく動じず、百合之助達を睨みつけ、嘲笑った。

「やかましい！　どこで習ったか知らねえが、お前がそんな長物を振り回すから、こっちも用心をしただけのことだ！」

百合之助は叫ぶと、鈴姫に打ちかかった。

威勢だけはいいようだ。

しかし、闇雲に打ちかかっても、鈴姫を倒せるはずはない。

小脇構えから、

「馬鹿め！」

と、繰り出した竹棒が百合之助の脛《すね》をしたたかに打った。

電光石火《でんこうせっか》の早業《はやわざ》に、百合之助は為す術もなく、前のめりに倒れた。

この時、百合之助の仲間達も一斉に鈴姫に襲い掛かったが、鈴姫はそのまま前のめりとなった百合之助の背中を蹴って、前へと駆けて虎口《ここう》を逃れた。

「それ！」

振り向き様に薙いだ竹棒は、右と左の二人の頭をはたき、さらに前へと出る一人に足払いをかけ、正面の一人の腹を突いた。

残る一人は、

「覚えていやがれ！」

と、百合之助を抱き起こして、その場から逃げた。他の連中もこれを機に散り散りとなった。

「ふん、せめて酒を飲んでいれば、痛みもましであったろうに……」

鈴姫は再び嘲笑うと、穴に向かって、

「あの者共は、先だって酔って植木畑に忍び込んできたので、追い払ったところ、その仕返しに来たようです。頭取を用心棒と思い込んで、まず痛い目に遭わそうとしたのでしょう。されど頭取、穴の中とは不覚を取りましたね。まずわたしは、竹棒を振り回しているところを見られずにすんだのは幸いでございましたが……」

ゆったりと語りかけた。

その言葉には、存外に不甲斐のない鷹之介への揶揄《やゆ》が含まれていた。

しかし、鷹之介の返事はない。

「そう恥入らずともようござりますぞ。いや、まさか気を失うているとか……」

慌てて覗き込むと、鷹之介の姿はそこになかった。

「何と……」

小首を傾げる鈴姫の背後から、

「いやいや、お見事！」

鷹之介の声がした。

八

「お人が悪うございますぞ！」

鈴姫は、ふくれっ面をした。

彼女がやり合っている間、鷹之介は穴の中で、太刀を立てかけ、下げ緒を摑み、そこに足をかけて軽々と穴から外へと飛び出していたのだ。

「おかしな連中に、つきまとわれているのはわかっていたのでござるが、いや、思わぬ不覚を取りました。すぐに穴から飛び出てやろうと思うたところに姫のお声……。ここはまだ見ぬ姫のお手並みを拝見仕ろうと、甘えさせていただきました」

鷹之介は首を竦めると、高らかに笑った。

鈴姫の見事な腕前を、杉の木陰から認めて、彼の気持ちは大いに高ぶっていたのである。

「左様でございましたか……」

鈴姫は呆れ顔で、まじまじと鷹之介を見た。

じっと見ておらずに加勢してくれたらよかったのだと詰《なじ》りたかったが、それも自分の腕のほどを見込んでのことで、危なくなればすぐに出て来てくれたはずだ。

ここまで悪びれずに言われると、何も言えなくなったのだ。

「まずお許しくだされ。そもそも、姫があの者達と起こした諍《いさか》いに、わたしは巻き込まれたのでござりまするぞ」

「何を申されます。染井村に訪ねて参ったのは頭取の勝手でござりましょう」

鈴姫もむきになって言い返したが、嫌な気にはならなかった。

一暴れした後に、口を尖らせて話せる相手に、未だかつて出会ったことがないからだ。

「ははは。そう言われると、一言もござりませぬな。とにかく、危ないところを忝うござりました、と申し上げるべきですな……」

「おわかりになれば、よろしゅうござりまする」

そして、つい許してしまう。

「ことのついでに、ひとつお願いがござる」

「ことのついでに？　どこまで図々しいお方なのでしょう」

「今の術を拝見仕ると、一手《いって》御教授を願いとうなりました」

「一手御教授？　ここで、でござりまするか？」

「左様。ここなら人にも見られますまい」

「なるほど。わたしに竹の棒で叩き伏せられても、恥ずかしい想いはせずにすみまするな」

「そういうことでござる……」

「そういうこと……」

まるで強がりもせぬ鷹之介に、鈴姫は失笑を禁じえなかったが、

「薙刀の腕においては、わたしより姫の方が数段勝っているのは確かなこと。御教授を願う限りにおいては、叩き伏せられるのも覚悟の上でござる」

鷹之介は真顔で言って、先ほど百合之助達が残していった棒切れを取り上げると、

「いざ……」

と、畏まった。

「ならば参りまするぞ！」

何故そんな気持ちになったかはわからなかった。

鈴姫は、気が付くと竹棒を小脇に抱えて、鷹之介と対峙していた。

しかも、心が浮き立っていた。

武芸を学び始めた時。ひとつ技を会得した時、楽しくてならなかった頃の気持ちが蘇っていた。

「御免！」

まず打ち込んだのは鷹之介であった。

薙刀相手だと、出足を脛打ちで挫かれることが多い。

まず遠間から打ち込んで、相手の出方を探らんとしたのだ。

「やあッ！」

鈴姫はそれを柄で払い、車返しに反撃をした。

薙いだ竹棒を、鷹之介は棒切れでしっかり受け止めると、鈴姫の懐に入らんと、
それを柄にすべらせるようにして近間を改めた。

そこからは左右に打ち分けて、鈴姫を防戦一方にせんとしたのだが、

「えいッ！」

鈴姫は、見事にその間合を切って、後ろに飛び下がった。

鶴が舞うような美しさであった。

「うむッ！」

鷹之介は、思わず破顔《はがん》した。

強い相手と初めて手合わせして、

「これは……？」

と見惚れる技に触れる。

そこには、一人の武芸者のたゆまぬ努力が息づいている。

敬意を表しつつ、己が努力で得た技をぶつけてみる。

武芸に打ち込んだ者でないと、この感動と陶酔はわかるまい。

鈴姫は戸惑った。

自分が相手をした剣士で、これほどまでに楽しげに立合った者はいなかった。

相手を敬いつつ戦う——。

そこに武芸の神髄があるのだと、今になって思い知らされた気がした。

鷹之介は下段に構え直すと、じりじりと間合を詰めた。

構え直した時の最初の一手が、出足を挫く脛打ちであることが多いと見て、脛を防御し、相手の技を引き出さんとしたのだ。

しかし鈴姫は、誘いに乗らなかった。

再び退がると、竹棒を風車のように振り回し、鷹之介を牽制《けんせい》する。

そして、上の動きに目を慣れさせておいて、

「えいッ！」

と、掛け声を発してから、ひとつ間をおいて、会心の脛打ちを繰り出した。

目と耳、二つの感覚を巧みにずらして、一瞬の隙を衝く——。

これは教えられて出来るものではない。鈴姫ならではの感性であろう。

それでも、鷹之介はこれを見切っていた。

脛にきたところを宙に飛んでかわし、そのまま袈裟《けさ》に棒を振り下ろした。

かろうじて鈴姫はこの一刀を受け止めたが、鷹之介は右手で柄の部分を摑み、下へ引き下げると、左手に持った棒切れを、ピタリと鈴姫の首筋につけた。

「参りました……」

驚いたことに、鈴姫の口からその言葉が素直に出た。

満足な稽古が出来た喜びと、思った以上に凄腕の鷹之介への敬意が、彼女の心を

充たしたからであろう。

理屈ではなく、実際にぶつかり合い、互いに力を尽くして術を襲い合わねば感じえぬ、爽やかな心地を、鈴姫は初めて覚えたのだ。

「いや、今のはわたしの負けでござる」

しかし鷹之介は苦笑いを浮かべて頭を垂れた。

「情けはいりませぬぞ」

鈴姫は、せっかくよい敗北感に浸っていたのを、からかわれたような気になり気色ばんだが、

「いや、今、竹棒を右手で摑み申したが、長さから推《お》し測《はか》るに、摑んだところは柄ではのうて、紛《まご》うことなき刀身……。不覚にも手で刃を握っておりました」

と、鷹之介は、真顔で口惜しがった。

「いえ、もしこの竹棒が薙刀であれば、頭取はここを摑まなんだはず」

「いや、そこしか摑むところがござらなんだ。姫はそれを見越されていたはず。う〜む、よい稽古をつけていただきました。真に忝うござりまする」

「稽古をつけていただいたは、わたしの方にござりまする」

「また、御教授願いとうござる……」

「気が向けば、お相手をいたしましょう」

「ならば、また参りましょう」

鈴姫は、にこやかに頷いた。

いつの間にか調子に乗せられているのはわかっているが、今の心地よさに自ら水をさすことは出来なかった。

鷹之介も、今は頭取の立場よりも、一剣士の感慨が勝っていた。

鈴姫を編纂方として迎え入れる算段よりも、何とか姫の薙刀術を打ち破りたいという想いが前に出ていたのである。

そして彼の素直な想いが、またひとつ鈴姫の心の扉をこじ開けていた。

「ひとまずお送りいたしましょう」

鷹之介は、鈴姫を福智屋まで送った。

この機会に、まだもう少し話しておきたかった。

「先だって、姫が松岡大八を怪しまれたのは、あの者達のことがあったゆえにござりまするな」

鈴姫はこっくりと頷くと、店の出入り口の横手に植えられてある桃の木の前に立ち止まって、

「あ奴らは、この枝を折り、道端に捨てたのです……」

哀しい表情を見せた。

桃の木はその後枝ぶりを整えられたのか、薄紅色《うすべにいろ》の花を咲かせながら、美しく立っている。

「姫は、桃の木がお好きでござるか」

「この木は、母上がわたしのために、御屋敷の庭に植えてくだされたものでした……」

「左様でござりましたか……」

「それを、あの楢山大膳が勝手に捨て去り、新たに桜の木をそこへ並べたのです」

奥向きの庭を、亡父・豊後守好みにするための処置であったのだそうな。

「母上は、まだわたしが幼き時に身罷《みまか》られたのですが、わたしが女子らしゅう楚々《そそ》として育ち、女子の幸せを得られるようにと雛祭に託され、この桃の木を……」

無残に捨て去られた桃の木をもらい受けたのが長助であった。

長助は、この木が鈴姫にとってどれだけ大事なものか、村井小六や布瀬本蔵達、奥用人から、予々《かねがね》聞かされていたのだ。

「この木を抜かれてしもうた時から、わたしの女子の幸せも消えたのでございましょう」

鷹之介は何も言えなかった。

一本の桃の木が主従の心を繫《つな》ぎ、この染井村で息づいている。

美しい物語がそこに潜んでいて、何か一言発することで、今のこの感動が壊れてしまうのではないかと思ったのだ。

それと共に、母の愛情を受けながら、まだ大人にならぬ間に死別した鈴姫が、

「女子らしゅう楚々として育ち、女子の幸せを得られるように……」

という母の願いと真逆に生きてきた自分への悔恨《かいこん》が、姫の心を未だに支配しているのだと窺い知れた。

それだけに鷹之介は、姫をますます不幸せにせんとしているのは自分かもしれないとしばし沈黙したのだ。

しかし、物を言わぬのは、鈴姫に哀れみを覚えたからだと受け取られるのは、や

り切れない。

何か言わねばなるまい。

「姫、幸せになるもならぬも、己が心がけ次第じゃと、わたしは今、思うております。わたしとて、小姓組番衆から今の御役に就いた時は天を恨みました。だが、そのお蔭でこうして、姫と手合せができ申した。わたしにはようわかりませぬが、幸せとはそのようなことの積み重ねではござりますまいか。桜ばかりが花ではござらぬ。わたしはこの桃の花とて、劣らぬ美しさだと存ずる……」

鷹之介は、話すうちに何が何やらわからなくなってきたが、ふっと忘れていた言葉が、今思わず口をついてはっとした。

「桜ばかりが花ではござらぬ、か……。姫！　また参上仕る！　御免！」

鷹之介はあることに思い至り、込み上げる興奮が抑えられず、踵を返して走り出した。

鈴姫は、呆気にとられて、

「真に忙がしいお人じゃ」

からからと笑った。亡き母のことなどつい口にしてしまった恥ずかしさが込み上げてきていただけに、突如駆け去った鷹之介の行動に助けられた気がしていた。

「桜ばかりが花ではないか……」

店に戻る鈴姫の心の内に、鷹之介の言葉が温かい響きをもって残っていた。

九

「殿、お待ちくださりませ！」

原口鉄太郎は、吉祥寺の門前を素通りして、足速に赤坂への帰路につく新宮鷹之介の姿を認め、慌てて追いかけた。

「鉄太郎か……。すまぬ、お前を忘れていた。一刻も早う戻りとうてな」

鷹之介は、鈴姫と別れてから、丹後坂の屋敷に向かって黙々と歩みを進めていた。

健脚《けんきやく》の鉄太郎も、時折見失うほどの勢いであった。

鷹之介は、鈴姫と話すうちに亡母・喜美《よしみ》の言葉を思い出し、

「うっかり忘れていたとは不覚であった」

と、いても立ってもいられなくなったのだ。

「桜ばかりが花ではございませぬぞ」

四年前に亡くなった喜美は、よくそう言って奥の庭に立つ桃の木を見ていたものだ。

それは、母のお気に入りの植木であった。

屋敷には玄関の外に立派な桜の木があり、奥にはこの桃の木がある。

春になれば、両方が花を咲かせるのだが、人の目はどうしても桜の方にいく。

「ひねくれていると思われるかもしれませんが、わたしはこの桃の花の方が好きです」

桜と比べると花片《はなびら》の先端が少し尖っていて、桜のように一節に複数の花が咲くのではなく、二つ咲くのが桃である。

「わたしはどうも桃の花を眺めていると落ち着くのです。そう思っている人は、殊の外多いと思います。桜しか咲かぬ春はつまらぬ。いろんな花の美しさを知り、目立たぬ花を愛でる……。貴方にはそんな人になってもらいたいものでございまする」

思えば、武芸帖編纂所というところは、母の願いが当てはまる役所ではなかったか――。

鷹之介は、ふとそこに想いが至り、胸の内がすっきりとした。

そしてこのところの忙しさで、母が遺してくれた言葉をまるで忘れていた自分が許せなかった。

この春は、桜花ばかりに目がいき、桃花が咲いているかどうかもわからなくなっていた。

「母の想いが込められた桃の木を愛でぬとは……」

そんなことで、固く閉ざされた人の心を開こうなどとは甘過ぎる。

「殿、お帰りなされませ……」

門番に立っていた平助が、屋敷に戻った主を迎えたが、

「平助、お前もついてこい」

鷹之介は、玄関から上がらず、庭から廻って奥へと入った。

奥の庭へは、木戸で仕切られているのだが、

「槇！　おれだ！　開けよ！」

一応は、表と奥の区別があり、奥に詰めている槇が慌てて木戸を開けて、

「殿、いかがなされましたか」

と、目を丸くした。

「槇、桃の花は咲いたのであったかな」

「はい、もうとっくに咲いております」

「左様か……」

このところは、隣接する武芸帖編纂所に入り浸っているので、まったく気付いていなかった。

「平助、桃の木は亡き母上が好まれた植木じゃ。心して世話してやっておくれ」

鷹之介は言い付けながら、居室に面する庭にある桃の木の前に立って見上げた。

枝に貼りついたかのような桃の花が、美しく咲いている。

鷹之介の胸が熱くなった。

「うむ、美しい。桜ばかりが花ではないぞ」

鷹之介は自分に言い聞かすように、喜美の決まり文句を口にすると、今頃は同じく桃の花を愛でているであろう鈴姫に想いを馳せていた。

第四章　筑紫薙刀

一

「親方、お前さん、武家奉公をしていたからって、大きな顔をしていると痛い目を見ることになるぜ……」

山花屋拓二郎《たくじろう》は、巌のような体を揺らしながら凄んでみせた。

「大きな顔……？　はて、いつ大きな顔をいたしましたかねえ」

にこやかに応えたのは、福智屋長助である。

表情は穏やかであるが、目の奥は笑っていなかった。

「ほう、まるで心当りはないってえのかい」

「心当り？　先だって、処《ところ》の破落戸共《ならずもの》がうちの桃の木を荒したので、おしずがこれを追い払ったと聞いたが、そのことですかな？」

「手前、うちの倅を、処の破落戸とぬかしやがったな！」

「百合之助殿のことを破落戸などとは申しておりません。酒に酔って、徒党を組んで人の畑へ入り込んで、植木の枝を折るなどした者達のことを破落戸と呼んだまで。まさか、あの者共の中に百合之助殿が交じっていたのですかな」

淡々とした口調で応える長助に、拓二郎は苛々《いらいら》としてさらに体を揺すった。

倅も倅なら、親も親である。

い、おしずこと鈴姫に、散々に打ちのめされた百合之助の様子を見て、その父親である拓二郎が福智屋へ乗り込んで来た。

少しくらい酔ってはめを外したとはいえ、長物を振り回し、叩き伏せることもなかろう――。

そもそもこの染井村では、福智屋よりも随分前から植木屋を開いている山花屋である。

それがこのところは、寺社や商家の出入りを数多く務める福智屋が染井村でも指折りの植木屋になろうとしている。

跡取り息子の菊太郎も、働き者で気がよく回る。ますます安泰となれば、拓二郎もおもしろくない。

親の代までは、世間からの評判もよかった山花屋であるが、拓二郎の代になってからは、粗暴で博奕《ばくち》好きが祟《たた》って人が離れていった。

それがますます拓二郎を乱暴にさせ、馬鹿でも自分に似た百合之助への偏愛を深めていったのだ。

「どこまでも倅を破落戸にしたいのなら、勝手にぬかしやがれ。そんならお前んところのおしずはなんでえ。ふん、どうせ食い詰め浪人が暇潰しに教えたんだろうが、小癪な術《わざ》をひけらかしやがって、男を棒で叩き伏せるたあ太え女《あま》だぜ」

百合之助の不始末を詰られると具合が悪い。

ここは理屈も何もない。とにかく脅しつけてやらんと、拓二郎は吠えたてた。

——姫は、百合之助の仕返しを返り討ちにしたらしい。

長助は、内心で苦笑いをした。

桃の木の一件は聞き及んでいたが、新宮鷹之介を巻き込んでの百合之助達との決闘については、まだ何も聞いていなかった。

しかし、拓二郎が怒鳴り込んでくるところを見ると、姫はまた一暴れしたようだ。

それでも、非は百合之助にあるのは明らかである。

「女に棒で叩き伏せられて、文句を言うのも、小さい男だが……」

長助は、嘲笑うかのように言葉を返すと、

「いったい、何がお望みなんですかねえ」

真っ直ぐに拓二郎を見た。

拓二郎は激高して、

「何が望みだと？　ふざけたことをぬかすんじゃあねえや！　おしずっていう武芸者気取りの山猫を連れて来て、詫びを言わせやがれってんだ！」

立ち上がって、長助を見下ろした。

長助はまるで動じない。

主筋の姫を罵《ののし》られて、彼もまた怒りを爆発させた。

主家の屋敷からもらい受けた植木で始めた店である。鈴姫のために潰してしまうなら本望だ。

「詫びを入れるのは、お前の倅の方だろう！」

下から見上げて一喝すると、

「武家奉公で覚えたのは、大きな顔をすることではない。いざとなった時に、命を捨てる覚悟だ。道理を曲げて、どこまでも絡んでくるのなら、このおれも、いささか腕に覚えのある身だ。いつだって相手をしてやろうじゃあねえか！」

長助もまた、ゆっくりと立ち上がった。

拓二郎より一回り小さいが、筋骨隆々たる引き締まった体軀《たいく》は、既に相手を圧倒していた。

「や、野郎……」

拓二郎は、口をもぐもぐとさせた。

日頃は温和で、いかにも大人しそうな長助など、何するものぞと思っていたが、こうして向き合うと、すっかり気圧されていた。

「手前、どこまでもおれとやり合うってえのなら、こっちにも考えがあるから覚悟をしやがれ！」

精一杯、虚勢を張って、福智屋から立ち去った。

長助の怒声は店の内にとどまったので、外で仕事をしていた村井小六、布瀬本蔵には届かず、鈴姫も何ごとかと駆け付けるまでには至らなかったが、

「久しぶりに旦那様の怒鳴る声を聞きましたよ」

女房のお種が、どこか弾んだ声で様子を見に来たものだ。

菊太郎は部屋の外でいざという時に備え、竹棒を一本帯に差して後ろに回し、もう一本を手に持って控えていた。

長助は、肚の据った妻子の様子に満足しつつ、

「山花屋の馬鹿息子にも困ったものだ。ひとまずお姫《ひい》様に、何があったか詳しいところをお訊ねするとしよう」

心配無用と目で語り、鈴姫の姿を求めたのであった。

二

山花屋拓二郎を追い返した日の夕方。

福智屋長助、菊太郎父子の姿は、赤坂丹後坂にあった。

拓二郎が立ち去ってから長助は鈴姫に会い、昨日の〝落し穴の一件〟について聞かされた。

「そのうちに話すつもりでしたが、あの馬鹿者の馬鹿親が、さっそく言い立てて来ましたか……」

鈴姫は、形よく整った眉を曇らせると、経緯を余さず語った。

新宮鷹之介との帰り道、あれこれ話した様子から察するに、彼は一日間を置いて、また明日には、

「薙刀術の御教授を願いに参ってござる……」

などと言って、訪ねて来るのではないかと、鈴姫は言った。

「それならば今日の内に、殿様にはお詫びをしておかねばなりませぬな」

長助は、鷹之介との一刻を語る鈴姫の表情がいつになく華やいでいて、生き生きとしているのを見てとって、満面に笑みを浮かべながらその意思を伝えたのである。

鈴姫は、鷹之介に詫びねばならぬ謂《いわ》れはないと強がりながらも、

「主殿には苦労をかけます……」

と、長助を労り、百合之助との争いを詫びた上で、

「こんなことがあった後だけに、くれぐれも用心を……」

　赤坂への道中を気遣った。

　それはもっともなことであったが、長助は鈴姫が新宮鷹之介に心を開き始めた様子が何よりも嬉しく、今すぐにでも鷹之介に、詫びと礼を伝えておきたくなったのである。

　長助と菊太郎には、刀術の心得がある。

　町人差を腰に帯びて、丈夫な竹杖を手にしていれば、襲われたとて何とか切り抜けられるという自負があった。

　この日の鷹之介は、朝から屋敷の奥庭にある桃の木の花をゆっくりと愛で、武芸帖編纂所に出仕してからは、水軒三右衛門と松岡大八、さらに高宮松之丞に、昨日の成果を熱く語っていた。

「姫の薙刀術は大したものだ。破落戸を一息に叩き伏せたのも見事というしかない。さらに手合せをしたが、これがかなり手強い……、また立合うのが楽しみになってきた」

　姫の反応も悪くはないゆえに、他の女武芸者を当るのは一旦控えて、今こそ皆で姫の気持ちをほぐそうではないかと言うのである。

鷹之介の話を聞くと、情に厚い大八は、鈴姫が生母から与えられた桃の木を大事に思う気持ちにほだされたし、

「そういうことならば、姫に武芸のおもしろさをお伝えするのは、存外に容易いかもしれませぬな」

三右衛門は、手応えを覚えていた。

松之丞もまた、

「かくなる上は、殿の御存念に付き従うまでのことにて」

と、異存はない。

そして、そのように話がまとまったところへ、福智屋父子のおとないを受けたのであった。

「真に、くだらぬ騒ぎに殿様を巻き込んでしまいまして申し訳ござりませぬ」

まずは平身低頭の長助と菊太郎に、

「ははは、詫びることなど何もない。穴に落ちたのはこの身の不覚。姫は異変を覚えて、すぐに助けに来てくだされた。お蔭で姫の腕前を確《しか》と見られた上に立合まで

できたのだ。馬鹿息子の百合之助には、かえって礼を言わねばならぬな」

鷹之介は高らかに笑ってみせると、

「お姫様は、殿様のお越しを心待ちにされておりまする。わたしにはそれがよくわかりまする」

長助の弾む言葉にすっかり気をよくして、

「よし。まずは何が何でも、これへ来ていただこう」

と、改めて編纂所の意思を確かめ合ったのである。

「さりながら、その山花屋というのがちと、気にかかりまするな」

一同の興奮が落ち着くと、三右衛門がぽつりと言った。

「馬鹿な父子のことなど、打ち捨てておけばよろしゅうございましょう」

長助は、こともなげに言ったが、

「いや、馬鹿ゆえに性質が悪いのだ。馬鹿が騒ぎ立てると、おしずという娘はいったい何者なのだと、姫に世間の目がいくことになりかねぬ。それに、話を聞くと頭取は、福智屋の用心棒に間違えられたとか。そっちがそのつもりならば、こっちも助っ人を集めてやる……、山花屋がそう出れば、姫はまたそ奴らを退治てくれんと、竹の棒を振り回されるのでは？」

三右衛門は、鈴姫の気性ならきっとそのようになると、長助を窘《たしな》めた。

「確かに左様でございました」

長助は神妙に頷いた。

「ならば、姫が出陣なさる前に、その類は叩いておくに限るな」

大八が言った。

「うむ、大殿が申される通りじゃ」

鷹之介は、自分がそのために福智屋の用心棒となって店へしばらく泊まり込んではどうかと言ったが、

「まさか……。いくら御役のためとはいえ、頭取が編纂所を空けるわけにも参りますまい」

松之丞は異を唱えた。

鈴姫がやっと心を開き始めた今、いたずらに波紋を投げかけるべきではないというのだ。

これには長助と菊太郎も、大きく頷いた。

「かくなる上は、三右衛門、おぬしが用心棒を務めればよかろう」

大八は、ニヤリと笑った。

「わしがか？」

三右衛門は、じろりと大八を見返したが、

「おぬしは、姫に顔を知られてはおらぬ。長助殿が雇った用心棒として、しばらく植木屋で暮らしたとて、姫も訝《いぶか》しんだりはされまい」

「なるほど……」

三右衛門も、これには納得せざるをえない。

「うむ、それは名案じゃ」

鷹之介も膝を打った。

三右衛門がいれば、鈴姫と武芸の稽古をする折に幅が出る。

少しばかり打ち解けてきたからといって、編纂方の者を連れて来たと言えば、

「わたしは、編纂所に行くと言った覚えはありません」

姫はそう言って、また心を閉ざすかもしれない。それより、三右衛門の武芸と人となりを知ってもらった上で、折を見て、打ち明けた方がよいのではないか——。

鷹之介は、そう考えたのであった。

三

水軒三右衛門は、その日のうちに福智屋の用心棒として染井村に向かった。

山花屋が怒鳴り込んできたばかりだし、赤坂から染井村へ帰る頃は日も陰っているだろう。三右衛門が一緒ならば、福智屋父子の身も安心であった。

身仕度を調える間は、

「大八め、余計なことを言いよって……」

などとぼやいていた三右衛門であるが、満更でもなかった。

そもそもが武芸修行に廻国していたのだ。一所に落ち着かぬ性質であるから、時にねぐらが変わるのもまた楽しい。

その上に、新宮鷹之介が絶賛した鈴姫の薙刀の術も、この目で見てみたかった。

福智屋に戻る道中は、まず何事もなかった。山花屋が何か仕掛けてくるかと思ったが、連中も威勢はよいが、一瞬にして鈴姫に蹴散らされてしまうような破落戸の集まりでしかない。

いざ仕返しをしてやるとなっても、腰が引けてしまっているのであろう。

悠々と店へ入ると、まず菊太郎が村井小六、布瀬本蔵、りくを捉え、ことの次第を耳打ちした。

この三人は既に水軒三右衛門とは顔を合わせているので、事情を説明しておく必要があったのだ。

菊太郎から話を聞かされた三人が、新たな展開に胸を躍らせたのは言うまでもない。

水軒三右衛門は、ひとまず水野七右衛門《みずのしちえもん》と名乗った。

長助が以前世話をした武芸者が、今ちょうど江戸に逗留しているので、福智屋に来てもらうことになったという触れ込みである。

この先、山花屋と揉めることがあっても、七右衛門がいれば鈴姫が出ていかずとも収まろう――。

そのような長助の気遣いであると、鈴姫には伝えられた。

――この鈴がいれば、山花屋など恐るるに足らず。

鈴姫はそのように思ってはいるが、自分が出ていったのでは騒ぎが大きくなるばかりだと、分別もしていた。

それゆえに、

「主殿のよきように……」

素直にこれを受け入れ、店で開かれている七右衛門歓迎の宴に出向いたのであった。

七右衛門に扮した三右衛門は、好きな酒を大いに楽しみ、飄々とした話口調で、周囲の者を笑わせていた。

鈴姫を見ると、

「おお、そなたが噂のおしず殿じゃな。何でも旅の武芸者に薙刀を教わり、今では随分と遣われるそうな。某も一度お手合せを願いたいものでござる」

親しみを込めて語りかけ、すぐに彼女が武士に持つ警戒心を取り除いた。

小六と本蔵からは、大した武芸者だと聞かされていただけに、酒を飲んで上機嫌である七右衛門という武士を、彼女は不思議そうに眺めた。

世の中には、新宮鷹之介のような、ひたすらに真っ直ぐな武士もいれば、古の野武士を彷彿《ほうふつ》させるような浪人者もいるのだと、感心したのである。

「おしず殿、武芸というものはおもしろいと思わぬか。今日覚えた技が、明日になると出来ぬようになる。かと思えば、もう自分には出来るはずもないと諦めていた技が、ある日何故かさらりと出てくることもある。そして、満足という言葉はない。どこまでいっても道半ばじゃ。それゆえおもしろい。ははは、共に学んで参ろうではないか」

酒に酔っているように見えて、この武士は武芸を学ぶことの真理を正しく伝えている。

昨日、竹棒の先を摑んで、

「……不覚にも手で刃を握っておりました」

と、真顔で口惜しがった新宮鷹之介の姿が、脳裏に浮かんできた。

明日が来れば、また鷹之介は来るのであろうか。

鈴姫は、この水野七右衛門を交じえて稽古をすれば、さぞや楽しかろうと思っていた。

その翌日。

新宮鷹之介は、颯爽と福智屋にやって来た。

店の奥には三右衛門がいて、そっと出入りする者達に目を光らせていた。

――ふふふ、なかなか真面目に用心棒を務めているではないか。

鷹之介は、ほくそ笑みつつ、

「水野七右衛門殿でござるかな。主殿から噂を聞き及んでおりますぞ」

三右衛門に声をかけた。

三右衛門も空惚《そらとぼ》けて、

「そういうこなた様は、赤坂丹後坂の頭取でござるかな」

と、畏まってみせる。

「いかにも。この家のおしず殿が薙刀の遣い手と聞き及び、腕前を確かめに参った」

「後ほど、そっと拝見仕ってもよろしゅうござりますかな」

「声をかけてくださるならば、苦しゅうはござらぬ」

互いに芝居を楽しみつつ、まず鷹之介は店の者に迎えられて、いつもの奥庭へと通った。

そこからは、植木畑に出て、長柄の鉈で植木を刈る鈴姫の姿が見えた。

竹棒と棍棒とはいえ、一度は立合をした二人である。最早、姫は隠し立てしなかった。

もてる限りの薙刀術を鷹之介の前でさらけ出さんとして鉈を揮ったのだ。

「いや、やっと見られましたぞ。なるほど、何と見事な。これならば、枝刈りも楽しゅうござりましょうな」

鷹之介は感じ入ってみせた。

「これは何流の動きでござるか？」

「元は竹内流《たけのうちりゅう》でござりましたが。よい師範に恵まれなんだゆえ、自分で技を工夫いたしました」

「自ら工夫を。それは大したものでござるな……」

「即ち、枝刈り流でございます」

「枝刈り流というのも何やらしまりませぬな」

「では、植木流とでもしておきましょうか」

「これはよい。ならば植木流の型を御教授願いとうござる」

「御教授というほどのことはできませぬが、ひとつ御披露いたしましょう」

「忝うござる」

それから鈴姫は、長柄の鉈を筑紫薙刀に見立てて、ひとつひとつ技を見せ、鷹之介は同じ長柄の鉈を借り受け、それをなぞらえた。

中段、八相、下段、上段、脇構え……。

そこから上下に、横に、斜めに、巧みな体捌きから繰り出す振りはどれも薙刀術の理念を内包し、実に的確であった。

しかし、鈴姫と同じ技を演武しても、鷹之介がすると、また違う味わいと力強さが加わり、

「なるほど、やはり殿御にしかできぬ力加減がござりまするな」

鈴姫は感じ入った。

「いや、つい力が入ってしまうがために、かえって途切れてしまう技もござりましょう」

鷹之介は、鈴姫が我流で造りあげた型は、〝おんな薙刀〟として理に適っている

と評したが、

「いえ、されど薙刀の石突き辺りを片手で握り、これを一息に振るだけの力が、わたしには備っておりませぬ」

鈴姫は深刻な表情で頭を振った。

薙刀の柄の端を片手に持ち、これを振り回せば、その刃は何よりも遠くのものを斬ることが出来るであろう。

片手技は、双手《もろて》技に比べると威力は小さいが、体を投げ出せる分、遠くに届く。

しかし、そこまでは非力な女の身では、技に組み込めないと言うのだ。

「型稽古でござるか！」

その時、庭の方から水野七右衛門こと、水軒三右衛門の声がした。

鷹之介は澄まし顔で、

「今は、おしず殿の薙刀術を見せてもろうていたところでござる」

と、応えた。

鈴姫も〝七右衛門〟の前では、〝おしず〟の顔となり、

「薙刀術というほどのものではございませぬが……」

と、はにかんだ。

「遠目に見たところでは、真剣勝負ではなかなかに役立ちそうな型でござるな」

三右衛門は、彼もまた鈴姫の薙刀を初めて見て、感嘆していた。

「いえ、今も申し上げておりましたが、女の術には限りがございます」

鈴姫は、鷹之介に話していた、女ならではの型の限界を三右衛門にも話した。

三右衛門は小首を傾げると、

「おしず殿の型稽古を見る限りにおいて、女ゆえできぬ技などはござるまい」

こともなげに応えた。

「確かに、薙刀を片手で振り回すのは、力のいることかもしれぬが、腕で回すのではのうて、体で振るように心がければ容易いと思いまするぞ」

「体で振る?」

「いかにも……」

三右衛門は、鷹之介から長柄の鉈を受け取ると、体をぐるっと勢いよく回転させつつ、片手でこれを振ってみた。

たちまち鈴姫の目が輝いた。

三右衛門の片手技には、毛筋ほどの気負いも力みもなく、さらりと薙刀を振り回していたからだ。

腰を入れて、舞うように振れば、薙刀は苦もなく旋回するのだ。

「これはよい。某もひとつ学ばせてもらいましたぞ」

まず鷹之介が真似てみた。

「こうでございますか？」

すぐに鈴姫も真似てみた。

さすがに女の身であるゆえ、鷹之介のようにはいかぬが、それでもすぐに手応えを覚えた。

「ふふふ、できた！」

三右衛門が、しっかりと頷いてみせた。

「いえ、まだまだ……」

「いや、もうできたも同じじゃ！」

鈴姫はその言葉に押されて、何度も挑むうちに、軽い力で薙刀を振り回すこつを摑んできた。

「三月もすれば、わしよりも上手に回すことができよう」

「そうでしょうか」

「何ごとも稽古でござるよ。楽しんでおやりなされ。それが上達の近道じゃ」

それから一刻ほどの間、三人はああでもない、こうでもないと、薙刀をいかに振ればよいかを語り合い、稽古に没頭した。

村井小六、布瀬本蔵、りくの三人は、ぽかんとした表情でこれを眺めていた。

「本蔵よ、やはりあの頭取は、おかしなお人じゃな」

「いかにも、姫を編纂所にお迎えしようというより、薙刀を習いに来られているように見えまする」

「それでもお姫様の屈託のないご様子はいかがでしょう」

「あの水軒殿といい、根っから武芸がお好きなのじゃな」

小六はつくづくと言った。

桜の花片は、もうほとんどが枝の上にはなく、地上を薄紅に染めている。

「お姫様にも、その想いが乗り移ればよろしゅうござりますなあ」

鈴姫にとって武芸とは、人の命を奪う殺伐としたものであり、無聊を一時忘れさせてくれる荒々しき道具であった。

今の姫の姿からは、そのような邪気が見えない。しかし、鷹之介と三右衛門のように、物見遊山《ゆさん》を楽しむように、武芸に打ち込める日がくるにはまだまだ時がかかるであろう。

それまで、あの頭取が姫の我儘に付き合ってくれるかどうか――。

三人の祈るような想いは、日増しに募っていたのである。

四

時をじっくりかければ、鈴姫の気持ちも変わるであろう――。

新宮鷹之介が、水軒三右衛門を交じえて薙刀の稽古に興じた時、鈴姫の表情には今まで見せたことのない、あどけなさが浮かんでいた。

それでいて、時折見せる哀愁には、近寄り難いものがあり、ふとした弾みで壊れてしまいそうなギヤマンの風情を醸《かも》す。

晴天の空が、一転俄にかき曇る。

そんな危うさは、依然、鈴姫に暗い陰を落としていた。

「されど頭取、待つだけの値打ちが、あの姫にはありまするぞ」

と、三右衛門はそっと鷹之介に耳打ちをした。

「ならばおしず殿、また三日の後に参りまするゆえ、よしなに……」

鷹之介は、共に稽古が出来た喜びを素直に表し、この日もあっさりと別れを告げた。

その際、鈴姫は思わず稽古にのめり込んでいた自分に戸惑うように、

「お越しくださるのはようござりまするが、お望み通りには参りませぬぞ」

と、相変らず武芸帖編纂所への誘いには応じぬという姿勢を見せたが、鷹之介は、まるでその言葉を聞いておらぬかのように、にこりと笑って立ち去った。

——きっと編纂所に連れ帰ってみせる。

三日後に来ると告げたのは、今日の稽古の楽しさを噛み締め、また次の稽古を心待ちに思う一時を、鈴姫に与えたかったからであった。

望み通りにはならないと言ったものの、鈴姫の表情には、三日後とはつまらぬという寂しさが漂っていた。

まず鷹之介の思惑は、実を結んでいると言えよう。

とはいえ、三日の後には、もう桜の花も散っているであろう。

そうなる前に、将軍家斉の許に別式女を送り込むつもりが、随分と手間取ってしまっている感は否めない。

鷹之介はその翌日に、支配である若年寄の京極周防守に伺いを立てた。

「上様におかれては、とりたてて何も仰せではないが……」

周防守は、焦りを覚えている鷹之介の生真面目さを楽しそうに見ながら応えたが、その一言だけでは伺いを立てに来た甲斐もなかろうと、

「鷹ならば、世に埋もれている〝おんな薙刀〟の遣い手を、きっと見つけるであろう、と楽しみにされているのは確かじゃ。桜が散るまでの間……、などと考えずともよい。上様のおめがねに適う者をじっくりと捜し、連れて参るがよいぞ」

と、励ますように申し伝えたものだ。

「ははッ。心当りがござりますれば、今しばしお待ちのほどを御願い奉りまする」

鷹之介は、力強く言上すると、再び武芸帖編纂所へと戻った。

周防守の言葉にはほっとさせられたが、

——天下様が、大奥の別式女捜しのことなどに捉われておいでのはずはないか。

そんな拗《す》ねた想いもまた、もたげてきた。

とはいえ、支配への報告をした上は、じっくりと染井村通いを続けられるというものだ。

この三日の間も、水軒三右衛門は、福智屋に逗留を続けている。

三右衛門のことだ。決して押し付けがましいことなどせずに、鈴姫に武芸の楽しさを、それとなく伝えていてくれるであろう。

鷹之介自身、ここまできて三日後に訪ねるというのは実にもどかしかったが、芸者春太郎の言葉を思い出すと、間合を空けることの大事さが身に沁みてわかってくる。

ここは落ち着いて仕事にかかろうと、屋敷の武芸場に一人出て、愛刀・水心子正《すいしんしまさ》秀《ひで》を抜いて型稽古に励んだものだが、京極周防守を訪ねたさらに翌日。

鎖鎌の小松杉蔵が、編纂所にふらりと現れた。

杉蔵にしてみれば、染井村で鈴姫を見つけたのは自分であるという自負がある。

それ以来、この編纂所にいる者達の目はすっかりと染井村に向いている。

松岡大八が出かけ、鷹之介は足繁く通い、このところ三右衛門の姿が見えぬのは、どうやら染井村に逗留しているようだ。

もちろん自分は、編纂方ではないゆえ、お呼びでないのはわかっているのだが、既に〝仲間内〟であると思っている。

それが一人蚊帳《かや》の外にいるようで、どうも寂しいのである。

「おお、杉蔵か。今日は、おれが相手をしてやろう」

この日は大八が杉蔵を温かく迎えた。

三右衛門に、福智屋へ用心棒として入るように勧めたものの、大八もまた、あれ以来染井村とは疎遠になり、いささか寂しい想いをしていたのである。

鷹之介は、染井村でのことはくれぐれも口外無用にと杉蔵には伝えていたのだが、あれこれ気になって訪ねて来るところが頬笑ましく、

「今日はわたしもお相手いたそう」

杉蔵に、自分もまた立合の稽古相手になろうと応えたのだが、

「そういえば小松殿は、染井村の植木屋に何度か鎖鎌の教授に出かけたと言われたが?」

先日来、ふと気にかかっていたことが頭を過《よぎ》り、問いかけた。

「いかにも」

「その植木屋は確か、杉田屋であったと……」

「いかにも杉田屋の伊之助《いのすけ》という主でござったが、それが、どうかいたしましたかな」

「武芸好きな植木屋の主もいるものよと、福智屋で訊ねたところ、そのような植木屋は聞いたことがないと言われたのだが……」

「聞いたことがない？」

杉蔵は首を傾げた。

伊之助とは、杉蔵がよく行く内藤新宿の〝いちよし〟という居酒屋で知り合った。

小柄で右の眼尻に黒子《ほくろ》がある温和な顔立ち。

植木屋は染井稲荷の東方にあり、杉蔵はその庭で、三度ばかり鎖鎌の指南をしたのである。

しかし、福智屋の者達は、誰もその店を知らず、先日は気を利かせた菊太郎が方々訊ねてくれたのだが、杉田屋なる植木屋は、やはり見つからなかったという。

「何と……」

杉蔵は怪訝《けげん》な顔をした。

ほんの一時、植木屋を開いたものの、すぐにまた店をたたんだのであろうか。

「おぬし、狐に化かされたのではないか」

大八はからかうように言ったが、

「いや、一度の教授で一分をもらったが、その金は木の葉ではなかった……」

杉蔵は真顔で応えた。

「いささか気味の悪い話じゃな」

大八は頷くと鷹之介を見た。

「その伊之助なる主に変わったところはござらなんだか」

鷹之介が訊ねた。

「鎖鎌を習おうというのでござる。確かに風変りな男ではござったが、怪しげな様子は、これといって見られませなんだ」

杉蔵は腕組みをした。

「左様か……。福智屋は山花屋という植木屋と近頃揉めているので、少し気になったのだが……」

「武芸好きで、なかなか飲み込みも早うござった。某の目には悪い男には見えませなんだが……」

「それについては、こういうことかも知れませぬな」

大八が言った。

「その伊之助なる者は武芸道楽で、家《うち》の者からいつも文句を言われている。それゆえ身分を偽り、どこか空き家を借り受け、人知れずそっと指南を受けた……」

「なるほど、それは考えられることだ」

「おれも廻国修行に出ている頃には、そういう物好きに何度か出会うたことがあったものだ」

「そうかも知れぬ。そういえば、植木屋では伊之助の他に誰も見なんだような……」

杉蔵は、そう言って相槌を打った。

鷹之介もまた、

「杉殿がきっちりと謝礼をもろうているのなら、何も言うことはござらなんだな。

福智屋には三殿がいるのだ。取り立てて気にすることでもなかった」

考え過ぎであったと笑ったが、その杉田屋伊之助が稽古場に選んだのが染井村で、その帰りに杉蔵が、長柄の鉈で枝を刈る鈴姫の姿を見かけたという偶然が、どうも心に引っかかったのだ。

五

その日の夕。

駒込七軒町《こまごめしちけんちょう》の居酒屋に、水軒三右衛門の姿があった。

酒好きな三右衛門ではあるが、福智屋を抜け出して一杯やりに来たのではない。

そこが、植木職人達の溜り場で、山花屋の極道息子・百合之助が、取り巻きとよく飲みに来ると聞いたゆえの偵察であった。

福智屋に逗留して、山花屋の回し者が何か仕掛けてこぬか目を光らせてはいるが、今のところ何の動きもなかった。

拓二郎や百合之助が、三右衛門の存在に気付いているかどうかは知れなかったが、念のため、紺木綿の上っ張りに股引姿と身を変えていた。そうして入れ込みの隅で、油揚げを網で炙った一皿を突つきながら、ゆっくりと三合ばかりの酒を飲んでいたのである。

果して、百合之助は三人引き連れて店に現れた。

「酒だ！　酒をくれ！」

もう既にどこかで一杯やってきたようだ。

常連らしく恰好をつけて、肴は店のおやじが適当にみつくろうようだ。

百合之助は、そこが彼の定席である小上がりに陣取った。

幸いにして、山花屋の職人や、近在の植木職人も結構飲みに来ていて、三右衛門が妙に目立つこともなかった。

耳を澄ますと、百合之助はやはり怒っているようだ。

その怒りの矛先が、福智屋に向かっているのは確かであった。

「とにかくあの山猫を何とかしねえと、おれの気がすまねえ……」

百合之助は、酒臭い息と共に恨みを吐き出した。

「親父さんが何とかしてくれるでしょうよ」

取り巻きの一人が言った。こ奴も、先日鈴姫に竹棒で叩かれた仲間のようだ。

「ふん、親父をあてにしていられるか。おれは子供じゃあねえんだ」

「だが、相手にはやたらと店に出入りしている、おかしな侍が付いておりやすよ」

「馬鹿野郎。穴に落ちた野郎なんて、うっちゃっとけばいいんだよ」

百合之助の声は三右衛門に届き、彼をニヤリと笑わせた。

「まあ、あんな野郎は、若旦那にかかっちゃあ、取るに足りねえだろうが、あの山猫はなかなか手強いですぜ」

もう一人の取り巻きが忌々しそうに言った。

「畜生め。どこで誰に習いやがったかしらねえが、あの山猫め、竹の棒を薙刀みてえに振り回しやがる」

嘆息する百合之助の横合から、取り巻きのさらにもう一人が、

「まあ若旦那、向こうから何か仕掛けてくることもなさそうだ。あんな頭のおかしい山猫は、うっちゃっておけばいいんじゃあねえですかねえ」

宥めるように言った。

「そりゃあそうだが……」

とどのつまりは、拓二郎も倅の喧嘩にしゃしゃり出たものの、福智屋父子は武家奉公人の出で、性根がしっかりと据っている。

用心棒を一人や二人雇ったところで、おしずという娘の腕は神がかっている。武家奉公をしていた長助の周囲には、他にも腕自慢がいるだろう。それがおしずを中心に反撃に転じれば、山花屋に勝ち目はないのではないか——。

百合之助達がいくら口惜しがっても、結局はそんなところに話は落ち着きそうだ。

三右衛門は、しばらくは様子を見ようと立ち上がった。

偵察とはいえ、福智屋を抜け出して、いつまでも飲んではいられなかった。

生来、いい加減なところがある水軒三右衛門であるが、新宮鷹之介の側で暮らすうちに、少しは真面目さも生まれてきたようだ。

「おやじさん、代は置いておくよ……」

残った酒を飲み干すと、すぐに居酒屋を出たのであった。

しかし、この真面目さが、今度ばかりは裏目に出たのかもしれない。

三右衛門が店を出た後も半刻ばかり百合之助は、取り巻き相手にくだを巻いてい

たのだが、そこへ目付きの鋭い大兵の武士が入ってきて、

「山花屋の倅とはおぬしか？」

いきなり問いかけた。

大兵の武士は、袖無し羽織を身に着けた剣客浪人の風情である。野太い声をかけられて、

「へ、へい、左様でございますが……」

百合之助は、一気に酒の酔いも醒めたかのように目を丸くした。

「案ずるな。おれは江田徹四郎《えだてつしろう》といって、おぬしの味方だ」

「あ、あっしの味方……？」

「ああ、しかも頼りになるぞ……」

江田と名乗った武士はニヤリと笑って、店の出入り口を顎でしゃくった。

そこには屈強の武士が三人立っていた。

さらに、その様子をぼんやりと眺めている一人の植木職人がいた。

その職人は三右衛門が店を出た後、いつしか店に入ってきて、二合の酒をなめるように飲んでいたのだが、小柄でいかにも人のよさそうなこの男を気にかける者は

一人もいなかった。

しかし、もしここに小松杉蔵が、三右衛門の姿を求めて現れていたらさぞや喜んだであろう。

この小柄な職人風の男こそが、件の杉田屋伊之助であったのだ。

六

その日。新宮鷹之介は先日鈴姫に伝えたように、染井村には現れなかった。

鈴姫にとっては落ち着かぬ一日となった。

家も身分も失った彼女に残ったのは、藤浪家の血脈と数人の家来、そして身についた薙刀の術であった。

そのひとつをもって、他の二つを盛り立てる――。

今まで考えもつかなかったが、鷹之介の誘いは、確かに意義あることだとは思う。

だが、鷹之介が大事にするべきだという武芸によって、自分は藤浪家を滅亡させ、多くの家来を路頭に迷わせたのだ。

その皮肉を思うと、武家の世界への疑問と恐れ、憎しみが、どうしても頭の中から離れない。

かといって、一旦身に備った薙刀術は、消えてなくなることはなかった。

この二年は、その心の葛藤と戦ってきたが、鷹之介の出現によって呪縛から解き放たれようとしていた。

そして現れた水野七右衛門という武士。

主の長助が、かつて世話をした武芸者で、店の用心棒として逗留することになったというが、鈴姫には彼が鷹之介の存じよりの者ではないかと思えてならなかった。

その日は夜になって、百合之助の偵察に、居酒屋へと出かけた三右衛門であったが、昼の間は、水野七右衛門として鈴姫の様子をそっと窺っていた。

そして、鈴姫が薙刀の稽古を始めたと見るや、

「おや、精が出ますな……」

と、半刻ばかりの間、先日来の課題であった片手技の稽古を共にした。

出来ぬと諦めていた技が、この日はもう、かなりの上達を見せた鈴姫は、成果を一刻も早く鷹之介に見てもらいたくなっていた。

七右衛門は、そういう心の動きを読んでいるのか、

「あの頭取に見せつけておやりなされ」

と、喜んでくれた。

あくまでも、おしずとしてだが、自分が武芸帖編纂所に見込まれて、入所を促されていることは、長助からは聞き及んでいるはずだ。

しかし、七右衛門という武芸者は、そのことには一切触れずに、ただおしずの上達を喜んでくれる。

――武芸帖編纂所とは、どんなところであろう。行ってみたい。

鈴姫の中で、今はっきりとその想いが湧きあがってきた。

そこには武芸場があり、ああでもないこうでもないと言い合いながら、武芸について考え、学ぶそうな。

しかし、次に新宮鷹之介に会った時、素直にその言葉が口をつくであろうか。

恐いのである。自分が感情をさらけ出すと何かとんでもないことが起こりそうな気がして、何もかもが恐くなるのである。

それをごまかすために、己が殻に閉じ込もってきたのだ。所詮は姫として、人に

傅《かしず》かれて我儘に育ち、そのまま世間に放り出されたのが自分だ。

そんな自分が、生簀《いけす》を出て、大海に泳ぎ出すことなど出来るのであろうか。

まだ見ぬものへの恐怖が、彼女を縛りつけるのだ。

――しかし、明日になれば、あのお方の顔を見れば、薙刀の稽古に心も弾み、〝仕方がございませんね、一度その編纂所とやらへ参りましょう〟などと言えるのではないか。

明日を待ち遠しいと思ったのは、いつ以来であろう。

「姫のために、桃の木を植えてさしあげましょう」

亡き母が幼い自分にやさしい言葉をかけてくれた、あの日以来覚えがないような気がする。

今宵は早く寝てしまおう。

そう思った夜に異変が起こった。

件の桃の木が植わっている店先で、騒々しい声が聞こえたのだ。

その時、既に水軒三右衛門は店の奥にいて、寝酒を楽しんでいた。

――あれからまた酒が進んで、喧嘩を売りに来よったか。

表がやけに騒しいので、三右衛門は火吹き竹一本を手にして表へ向かった。

長助と菊太郎が、店の男衆を率いて、店先の土間に集まっていたが、

「まずはお任せあれ」

三右衛門は、大勢がぶつかり合っては騒ぎが大きくなるばかりだと一同を宥めて、

「まずわしも、ただ酒を飲んでばかりでは気ずつのうてな」

気が引けるといって、にこりと笑って外へ出た。

表へ出ると、桃の木の前に百合之助と、数人の仲間がいて、

「おい！　まだしつこく咲いてやがるぞ、こんな桃は切り倒してやれ！」

とばかりに雄叫びをあげて、鉈で枝を切り落していた。

さすがにこれは性質が悪い。

三右衛門も腹が立ってきて、

「おい！　酔った勢いで暴れると、後で悔むことになるぞ」

と、厳しく叱責をした。

「なんでえお前は……、この前、穴に落ちた間抜けとは……、違うな……」

百合之助は、三右衛門を初めて見かけたようで一瞬たじろいだが、身には脇差さえ帯びておらず、火吹き竹だけを手にしているのを認めて、

「後で悔むとはどういうことだ。その火吹き竹で、おれ達を退治するってえのかい」

嘲笑うように言った。

さらに仲間の一人が、

「おう、福智屋に男はいねえのかい！　こんなおやじ一人に頼って、手前らは家《うち》の中でお寝んねかい！」

と、騒ぎ立てた。

こう言われると、三右衛門ばかりに任せていられない。

「もう勘弁ならねえ！」

菊太郎は、彼もまた火吹き竹を手に表に飛び出した。これに若い植木職人と男衆が二人続いた。

日頃は穏やかな菊太郎だが、彼とて、百合之助達には随分と頭にきていたのだ。

「おいおい、じっとしているように申したではないか」

三右衛門は、困ったものだと苦笑いを浮かべたが、福智屋の跡取り息子としての意地もあろう。うまい具合に助け船を出してやればよいと考え直して、

「軽くあしらってやりなされ……」

と、菊太郎に耳打ちした。

「忝《かたじけの》うございます……」

菊太郎は、にこりと笑うや、

「手前、おれが相手になってやるぜ！」

まずは火吹き竹を帯に差して、素手で百合之助に殴りかかった。

それを合図に福智屋の男達と、百合之助の一団とがぶつかり合った。

百合之助組が六人、菊太郎組が四人であるが、今まで溜めていた怒りが爆発した分、菊太郎達に勢いはあった。

おまけに百合之助の一群は酔っている。

たちまち菊太郎に、ぼかすかと顔面と腹を殴られ、百合之助は及び腰となった。

「野郎！」

百合之助の仲間の一人が、興奮して鉈を振り上げた。

「危ないことをするな！」

三右衛門はそこへひょいと出て、火吹き竹で、そ奴の手首を丁と打った。

暗闇に実によい音が響いて、地上に鉈が落ちていた。

今日もまた、百合之助は尻尾をまいて逃げ去った。

「おい、忘れ物だぞ！」

三右衛門は、地面に落ちていた鉈を拾い上げると、百合之助の背後から投げつけた。

「ひ、ひえ――ッ」

鉈は、百合之助の傍らに立つ杉の大樹に、見事に突き立った。

「よし！　皆、よくやってくれたね！」

菊太郎は、晴れやかな表情で勝鬨《かちどき》をあげたのである。

「おお、菊殿もなかなかやるではないか」

騒ぎを耳にした村井小六は、布瀬本蔵と共に、そっと店先から外の様子を窺いつつ頬笑んだ。

鈴姫は店先の騒ぎを訝しんだが、いち早く二人は、姫が出ていくまでもないと押し止めて、店先へと急いだのであった。

しかし、水野七右衛門に任せておけばよいと思いつつもやがて菊太郎の声がしたので、鈴姫も気になって、住まいとしている別棟を出て、奥の庭から植木畑を経て店先に向かおうとしたところで不覚をとった。

店の者達の気が表に向かっている間に、密かに柴垣を破って、中に侵入していた黒い影に気付かなかったのだ。

鈴姫とて、いつも長物を手にしているわけではない。

小太刀の腕も多少は身につけてはいたが、今は安心しきって、得物は何も手にしていなかった。

付き添うりくは、それが気になったが、

「お姫様……無闇に外へはお出になられぬ方がようござりまするぞ。相手の者は、お顔を見れば、ますますいきり立とうと申すものにて……」

その言葉が終らぬうちに、庭で昏倒《こんとう》していた。

物腰に隙がなく、いかにも屈強そうな武士がいつしか忍び込んでいて、りくに当て身を食らわしたのである。

「りく……？　いかがいたした……」

鈴姫は、背後でりくの低い呻き声を聞いて、植木畑に出たところで四方から白刃を突きつけられていた。

七

表で騒ぎを起こさせ、気を引いた上で巧みに福智屋の中へと侵入したのは、居酒屋で山花屋百合之助に、

「おぬしの味方だ」

と告げた、江田徹四郎とその一党であった。

江田とその三人の手下達は、武芸が体中に染み込んでいるがごとき屈強の者達であった。

それぞれが筒袖の着物に裁着袴《たつつけばかま》を着し、飾りけのない武骨な大小をたばさんで

いて、鈴姫に白刃を突きつけて動きを封じるや、鳩尾《みぞおち》に一撃を食らわせ、素早く外へと運び出した。

そこからは鈴姫を予《か》ね て用意の葛《つづら》に押し込み、彼らはまんまと染井村を離れた。

葛には棒を渡し徹四郎の配下二人が担ぎ、一刻ばかりでとある百姓家に運び込んだ。

葛の中で正気に戻った鈴姫であったが、身は縛《いまし》められ、猿轡《さるぐつわ》をかまされていてはなすがままにされるしかなかったのだ。

やがて、鈴姫は薄暗い一室に座らされた。

猿轡を解かれたものの、依然縛られたままの鈴姫を、江田徹四郎は勝ち誇ったかのように見下ろして、

「かつては五万石の姫様も、ほんにみじめな様じゃのう」

冷徹に言い放った。

「お前は……、江田……」

「徹四郎にござるよ」

無念の形相で睨みつける鈴姫に、江田の目もまた狂気を含んで、突き立っていた。

「左様か。兄の仇を討たんと申すか……」

鈴姫は、大きく息をついた。

江田徹四郎――。

かつて藤浪家で武芸指南を務めた、江田壮一郎《そういちろう》の弟である。

江田兄弟は江戸家老・楢山大膳とは縁続きで、竹内流武術を修めていた。

竹内流は、戦国期に美作国《みまさか》垪和《はが》を本拠とした垪和氏の一族・竹内久盛《ひさもり》によって開かれた。

様々な武芸を内包する流派には、薙刀術も伝えられていた。

それまでは、奥女中の中で薙刀をよく遣える者が鈴姫への薙刀指南を行ってきたのだが、

「そなたは武芸が達者の由、女の師範では物足りまい」

と、父・豊後守は江田壮一郎を指南役に据えた。

ここでも身内を引き上げんとする江戸家老・楢山大膳の策謀が渦巻いていたのである。

しかし、まだ子供であった鈴姫は、それを父の情であると受け止めて、豊後守を

喜ばさんと稽古に励んだ。

江田壮一郎は、大した武芸者ではなかったが、鈴姫が天分を発揮して薙刀の名手になっていくことで、家中の地位を確かなものにしていった。

彼には、専横を極める大膳という、大きな後ろ盾もあった。

鈴姫の薙刀の術はやがて、師の壮一郎を凌駕《りようが》した。

既に鈴姫を慈しんでくれた母は亡くなり、父は大膳によって骨抜きにされ始めていた。

鈴姫は成長と共に、大膳が疎ましくて仕方がなくなった。

母が植えてくれた奥御殿の庭の桃の木を抜かれたことも、その怒りに油を注いだ。

肉親の情に恵まれぬ鈴姫は、その憤りを薙刀の稽古にぶつけたのだが、強くなればなるほどに、気性も強くなる。

大した腕もないのに、大膳の身内ということで薙刀の指南役となり、鈴姫が大膳への不満を口にすると、

「お姫様、お控えあそばされませ」

などと、師匠面をして諫める壮一郎にも我慢がならなくなってきた。

我儘な娘だと思われようが構わない。

「あのようなたわけを、わたくしの指南役に置くのは、お止めいただきとうござりまする……」

やがて豊後守に直訴した。

「そのようなことを申すではない」

豊後守がこれを窘めると、鈴姫は薙刀の稽古の折に、江田壮一郎を容赦なく打ちのめした。

ところが、どこまでも面の皮の厚い壮一郎は、自分が手加減をしたように振舞い、これが鈴姫の怒りを増幅させた。

以降は、病と称して、この指南役の稽古を一切受け付けなくなったのである。

そして、そのうちに藤浪家の将来を憂う若侍達が、密かに楢山大膳を排斥せんと決起したのだが、大膳は自分に盾突く者を許さず、次々と粛清した。

腹を切らされた家中の者の中には、鈴姫が日頃頼りに思う清廉の士もいた。

ここに至って鈴姫は遂に我慢がならず、大膳が豊後守のために借り受けた別邸に乗り込んだのである。

この時、鈴姫は死を望んでいたのかもしれない。

筑紫薙刀を手にした途端、狂気に襲われたのだ。

家中の者達は、まさか姫がそこまでするとは思っていなかった。

しかし鈴姫は、白装束に身を包むとお忍び駕籠を出させた。駕籠の棒に筑紫薙刀を括りつけ、目指す寮の近くまで行くと、駕籠を降りてまさしく山猫のごとく駆けた。

それで弾みが付き、鈴姫は寮へ入るや、ちょうど出て来た大膳に、

「おのれ楢山大膳！　御家に巣食う奸賊めが！」

と、斬り付けたのである。

ぱっと立ち上る血しぶきと共に、袈裟に斬られた大膳は地面に倒れた。

その時、大膳の後ろに控え護衛していたのが江田壮一郎であった。

自分が何も出来ぬままに大膳を斬られた壮一郎は逆上した。

このままでは、いくら相手が姫君であったとて武門の意地が立たなかった。

庭に面した一間の鴨居には薙刀が掛けられてある。

壮一郎はこれを手にして、

「鈴姫様、御乱心！」

と、濡れ縁から飛び降り様に、薙刀を振り下ろした。

日頃は、自分を無能の指南役と嫌っている鈴姫が憎くもあった。

だが、この時点で鈴姫の腕は、壮一郎などが及ぶべくもない高みに達していた。

鈴姫はさっと身を後退させるや、右から、左から、すくい上げるように斬りつけた。

目にも止まらぬ速さであった。

壮一郎は、凍りついたようにその場に立ち尽くした。腰から左右の肩にかけて、×を描くかのように、彼の体は斬られていたのである。

鈴姫は、どうッと倒れる壮一郎には見向きもせず、一人逃げ出さんとする、楢山一族の留守居役を外まで追いかけ、足払いをかけて倒し、上から突き刺した——。

あの日の血なまぐさい惨劇が、今、江田徹四郎の出現で、鈴姫の頭の中で生々しく蘇った。

興奮と憎しみが、鈴姫から理性を奪い、三人の命を奪った。

後悔はしていない。

それでも、悪人とはいえ三人の命の重みは、鈴姫のか細い肩にのしかかってきた。

「この鈴が、憎いか……」

鈴姫は、じっと徹四郎を見た。

「憎い……」

徹四郎は、鈴姫を睨みつけた。

壮一郎が斬られた時、徹四郎は廻国修行に出ていた。

子供の頃から、武芸の腕は兄・壮一郎より達者であった。

しかし、江田の家督を継ぐのは壮一郎であり、壮一郎は小姓組を務めつつ、薙刀が遣えるゆえに、うまく大膳に取り入り、鈴姫の武芸指南という役儀を得た。

そうしておけば、武芸達者な弟・徹四郎を指南役に据える道も開けようと思ったのだ。

徹四郎は、江田家興隆の野望を胸に、藤浪家の武芸指南役を目指し、廻国修行の旅に出た。

剣術、小具足、棒術、居合、薙刀など、あらゆる武術を含む竹内流を極めれば、兄と並んで出世も夢ではないと思っていた。

壮一郎は姫君の指南であるから、大した苦労もなかろう。うまく繋いでさえくれれば、次に自分が薙刀の指南役を務め、それを足がかりにすればよいのだ。

しかし、軽く見ていた姫君の指南は、兄にとって大変であった。

鈴姫は恐るべき勢いで薙刀術を修得し、兄・壮一郎を越えてしまった。

旅先でそれを知らされた徹四郎であったが、天賦《てんぷ》の才といったとて、たかが女の生兵法だと高を括っていた。かつて兄の付人として薙刀指南に立ち会った頃の、まだあどけない鈴姫しか、彼の頭の中には思い浮かばなかったのである。

ところが、その次に報されたのは、兄・壮一郎の死と、藤浪家の断絶であった。

徹四郎は、居所を失った。

帰るに帰れず、鈴姫を恨んだ。

「遺恨を思い知れ」

徹四郎は、静かに言った。

「遺恨じゃと？」

鈴姫は鼻で笑った。

「藤浪の家を食い潰したのは、憎き楢山大膳とその一味。お前達のために、どれだけの人間が辛酸をなめたことか」

「黙れ！　御家を滅ぼしたのはお前だ。お前の短慮ゆえだ！」

「そう思うなら、斬れ。斬るがよい。どうせ生きていたとて詮なき身じゃ」

「ふん。江田徹四郎は武芸に生きる者。ここへ連れてきたのは、ただ殺すためにあらず」

「ならば何じゃ」

「知れたことよ。お前とここで真剣勝負をするためだ」

「ふん。申しておくが、お前のような武士にあるまじき者と、勝負するつもりなどない」

「おのれ、今では植木屋の娘と成り下がりながら、まだ姫を気取るか！　鼻持ちならぬ女め」

「確かにわたしは、前も今も鼻持ちならぬ女であろう。ただ近頃になってわかった。真の主従のあり方、そして人の情けを知る真の武士が、この世にいるということを……」

語るうちに、鈴姫の心の内は落ち着いてきた。彼女の脳裏には、ただ自分が主筋の娘であるというだけで忠節を尽くしてくれた、村井小六、布瀬本蔵、りく、福智屋の者達の姿。さらに、人の世を恨むよりも、もっと楽しいことがあると教えてくれた新宮鷹之介の爽やかな笑顔が、次々と浮かんでいた。

「江田徹四郎！　武士の風上にも置けぬ者。恥を知るがよい！」

凛として叱りつけた鈴姫は、真に美しかった。

「黙れ！」

辺りに漂う厳かなる気を、切り裂いてくれんとばかりに、徹四郎は傍らに置いた薙刀を、鈴姫に向かって薙いだ。

身は縛られているとはいえ、鈴姫はその刹那立ち上がり、とんと後ろへ跳んだ。

「ふッ、姫よ、そなたの身には武芸が沁みこんでいるらしい。斬れと言ったとて、体は技に応じている。最早問答無用じゃ。何が何でも勝負に応じてもらおうぞ」

徹四郎は、さらに薙刀を一閃させた。

鈴姫を縛っていた縄が見事に切断されて、はらりと落ちた。

八

急報を受け、新宮鷹之介が、松岡大八と共に山花屋に乗り込んだ時――。

既に、拓二郎、百合之助、新たに雇い入れた用心棒二人を含む、店にいる男達はことごとく水軒三右衛門に打ち倒されて、店の中庭に転がっていた。

まんまと裏をかかれて鈴姫を攫われたことが、三右衛門を真剣に怒らせた。

まさか山花屋が、鈴姫が不覚を取るほどに凄腕の用心棒を、僅かな間に雇い入れるとは、さすがの三右衛門も思いつかなかったのだが、

「これでは、我が面目が立たぬ……！」

と、村井小六、布瀬本蔵を従えて、まず殴り込んだのである。

怒り狂ったのは、小六と本蔵も同じであったが、二人が戦うまでもなく、三右衛門は草を刈るかのように、男達を峰打ちに打ち据えた。

「娘をどこへやった……」

三右衛門は、拓二郎と百合之助に抜身を突きつけ、

「言わねば、こうしてやる！」

と、百合之助の額すれすれに振り下ろした。

山花屋父子は、生まれて初めて目にする凄技と恐怖に恐れ戦き、二人の用心棒は気絶したふりをした。

所詮は、この程度の用心棒しか雇えなかったのだ。

――それが何ゆえに鈴姫を攫えたのか。

三右衛門は合点がいかなかったという。

合流した鷹之介と大八も、庭に転がっている男達を見ると、首を傾げざるをえない。

「して、この者共は、どこへ姫を連れていったと……？」

鷹之介が低い声で訊ねると、

「それが、まるでわからぬと申すのでござる」

神妙に応える三右衛門の傍で、

「その言葉に嘘はないようにござりまする」

小六が、苦々しい表情を浮かべながら言った。

「百合之助の話によると、江田徹四郎が現れたと……」

本蔵が続けた。

「江田徹四郎……？」

小六と本蔵は、手短に鈴姫と、徹四郎の兄・壮一郎との因縁を語った。

「では、その男が姫の居所を摑んで？」

「はい。それで百合之助に手を組まぬかと持ちかけたようにござりまする」

「さりながら、攫ってどこへ連れて行くかまでは、聞かされてはいないと」

大八が、百合之助達を見廻して、

「嘘をついているのかもしれぬぞ」

「いや、あれだけ脅して応えぬのだ。これは本当に知らぬのであろう」

三右衛門が忌々しそうに言った。

「そ奴は、姫を何とするつもりなのだ……」

鷹之介は、このような折に、おかしな者が出てきたものだと地団駄を踏んで、梅の木の下で放心している百合之助に近付くと、

「おれを覚えているか」

「お、お前さまは……」

「先だって、お前に穴に落された間抜けな侍だ」

「あ、ああ……」

「だが、間抜けでも、これくらいのことはできる」

鷹之介は、打刀を一閃させた。今度は梅の大枝が、きれいに切断されて、百合之助の頭の上に落ちてきた。

「い、命ばかりはお助けを……！」

「本当のことを言えば、助けてやる。江田某が、福智屋の娘を攫ってやると持ちかけたのは確かだな」

「は、はい……」

「それでお前達は、店の者の気をそらさんとして、桃の木の前で暴れた」

「は、はい……」

「だが、それからのことは知らぬのだな。もし嘘と知れたら、命はないと思え」

「本当に何も知らねえんでございます！」

「知らねえんでございます！」

拓二郎も続けた。

鷹之介は、溜息をつきつつ、三右衛門と大八を見た。

山花屋父子の言うことに嘘はないようだ。この上は、どこに当りをつければよいか。

その場に、鷹之介の顔に焦燥の色が表れた時であった。

福智屋からの使いとして菊太郎が駆け込んできた。菊太郎は、一人の男を連れていた。

男は植木職人風で、小柄で温和な顔立ちをしていた。彼は息を整えながら何か言おうとしている。

鷹之介、三右衛門、大八、小六、本蔵の目が一斉に注がれた。

春の夜に、見上げる空に桜花はない。

葉桜が闇に紛れて、何とも今は切なさばかりが募るのであった。

九

そこは巣鴨村の外れにある百姓家であった。

今は空き家になっていて、廻国修行の剣客が、弟子と共に僅かな間、逗留するという触れ込みで、江田徹四郎が借り受けていた。

徹四郎は鈴姫の縛めを解くと、彼女に薙刀一振を手渡し、庭へと降りるよう促した。

そうして、自らも薙刀を手に降り立ち、対峙した。

「どうあっても、勝負をすると言うのか」

鈴姫は落ち着き払っていた。

かつて三人を手にかけてから、ずっと心にかかっていた靄が、消えていくような気がした。

あの時は、ひとつの興奮が自分を逆賊退治に駆り立てた。

その興奮が醒めた時、自分のしたことがとんでもない短慮であったのではなかったかと煩悶した。

いや、藤浪家は滅んだが、圧政に苦しめられていた領民達は救われたと、村井小六達旧臣は、鈴姫のしたことを義挙だと言ってくれた。

しかし、本当にそうであったのか――。

身は植木屋の娘になろうとも、悔いはないが、その想いから逃れられぬ日が続いていた。

だが、今日ここに連れてこられて、久しぶりに会う江田徹四郎と話すうちに、

「あの者共を討ち果したのは正しかった」

と、気持ちがすっきりした。

そして、過去の決着には、真剣勝負が相応しかろう。

武家に生まれて、今までずっと保ってきたものは、いつでも命をかけられるという覚悟であった。

今、その真価が試される。

手渡されたのは巴型の薙刀で、彼女の得意な筑紫薙刀ではないが、それもよかろう。

江田徹四郎は不敵な笑みを浮かべていた。

この男は、主家が滅亡したと知るや、武芸者を表看板にして、強請《ゆすり》たかりに手を染め、時には人殺しを請け負った。

今日連れている三人の弟子は、賊徒の乾分《こぶん》でもある。

もう藤浪家も滅んだのだ。悪事で手に入れた金を上手に使えば、どこかの旗本に指南役として潜り込めるくらいの人脈を築けるかもしれない。

小さくとも道場を開きつつ、江戸で悪事を裏稼業にして暮らすことも叶うであろう。

しかし、兄の仇を討っておかねば気が済まぬのは、武芸者としての意気地が、徹四郎の心の中に残っているからであろうか。

それでいて心が歪んだこの武士は、真剣勝負と言いつつ、自分が危なくなった時は弟子達に鈴姫を殺すよう伝えていた。

鈴姫にも、徹四郎の邪念は読めていた。

この四人をことごとく討ち果さねば、この百姓家から出ることは出来まい。それでも、先ほどは得物を持っていなかったゆえ後れを取ってしまったが、今は手に薙刀がある。

植木を相手に修練を続けた薙刀術が今、どこまで通用するかわからぬが、近頃、新宮鷹之介と水野七右衛門なる武芸者と励んだ稽古が、彼女に自信を与えていた。

江田壮一郎という、いかさま師範を遠ざけてからは、ほぼ独学で鍛えた薙刀術が間違ってはいなかった。その想いを確かなものと出来るならば、命を奪われても惜しくない。

「いざ！」

気持ちが固まれば、女の鈴姫に迷いはない。

相手への憎しみを強さに変えるのではなく、己が武芸の術を試すのだ。

人を生かすための剣もある。それを新宮鷹之介が教えてくれた。

無念無想の境地で、鈴姫は脇構えから、素早く薙いだ。

その踏み込みは凄まじく、徹四郎は恐怖を覚え、何とかこれを薙刀で払って八相に構え直したが、体中から冷たい汗が吹き出していた。

諸国行脚をしていた時は、薙刀を持ち歩いてはいなかった。

悪事を働くにしても、長物など振り回していては目立ってしまう。

その土地土地で武芸場を訪ねた折に、稽古場にある槍や薙刀で稽古をしていたに過ぎない。

薙刀には薙刀をもってと臨んだが、この二年の間、鈴姫は植木畑で日々、薙刀に見立てた長柄の鉈を振っていた。それは、彼が思っていた以上の腕であり、慣れぬ薙刀で対するには余りにも危険であると、徹四郎は、今の鈴姫の一振りで悟っていた。

といって、ここから刀術に切り換えても、みすみす不利になるだけである。

「おのれ！」

徹四郎は牽制の一振りを真っ向から振り下ろすと、三人の弟子に早くも目で合図をした。

いざとなれば、二人が棒でひたすら突いて追い立てる。さらに一人は半弓で鈴姫の腕、肩を狙い、薙刀の腕を鈍らせるのだ。

徹四郎は、その間を捧えんとして、大きく薙刀を頭上で振り回した。

鈴姫は、相変らず集中していた。必ず振りには尽きる瞬間が訪れる。そこで勝負だと、下段に構えその時を待った。

しかし、その落ち着きが半弓の矢の的としては、恰好の動きとなってしまった。

植込の陰から、卑怯にも弟子の一人が、その弦をきりきりと引いた。

その時であった――。

石礫《いしつぶて》がうなりをあげて飛来し、射手の側頭に命中した。

「うッ！」

と、手許が狂った矢は、鈴姫の右腕を斬り裂いたが、かするに止まった。

「何と……」

驚いたのは、徹四郎も鈴姫も同じであったが、誰よりも驚いたのは、今ここへ駆け付けた新宮鷹之介であった。

菊太郎が山花屋に連れて来た、件の小柄な男は、伊太郎という谷中の植木職人であった。染井村で植木の買い付けに来ていたところ偶然に、福智屋の外で、娘が葛に押し込められているのを見かけて、無我夢中で跡をつけた。

そうして、この場を突き止めるや、福智屋へと取って返したのだ。

「娘さんを無理矢理に拐《かどわ》かすなんて、とんでもねえ野郎だと思いましてね」

自分にも娘がいるという伊太郎の男伊達によって鷹之介は、何とか鈴姫の危機を救うことが出来たのだ。

しかし、この状況を見て、こんな卑劣な武芸者がいたものかと、大いに驚いたのである。

「おのれ、卑怯な！」

その驚きは、たちまち怒りへと変った。

鷹之介は突進して、半弓の男をたちまち峰打ちに倒すと、三右衛門と大八も、今にも棒を揮《ふる》わんとしていた弟子の二人に抜き打ちをかけた。

二人の棒は、手練の技に真っ二つに切断され、たちまち刀を峰に返した三右衛門と大八の一撃を、それぞれ胴に食らってその場にのたうった。

鷹之介は、姫を守りつつ、

「おのれ、何奴！」

と、打ちかかってきた徹四郎の薙刀をかい潜り、その肩に一刀をくれた。

右の肩に手傷を負った徹四郎は、いきなり現れた若侍の妙技に瞠目した。

「公儀武芸帖編纂所頭取・新宮鷹之介である！」

鷹之介は、頃やよしと、言い放った。

「武芸帖編纂所とな……？」

目を丸くする徹四郎に、

「おのれのような、いかさま武芸者には、知る由もあるまいが、この鈴姫は、我が武芸帖編纂方として迎え入れられ、そこから改めて、上様の御前に出て、大奥付きの別式女として召されることになっているのだ」

鷹之介は、遂に鈴姫の前で己が存念を伝えた。

「何だと……」

呆然たる表情の徹四郎を、尻目に、

「何と……」

鈴姫もまた、目を見開いた。さらに随身している村井小六と布瀬本蔵の目には光るものがあった。

将軍家が、鷹之介に別式女を捜すようにと下命をしたのならば、

「これは上意である。己が天命と心得、まずは武芸帖編纂所まで同道いたされるように……」

鷹之介は、鈴姫の腕を見極めた時点で、そのように話を進めることも出来たはずだ。

それなのに姫の心を気遣い、あのような染井村通いをしていたとは――。

何と武士の情けに厚い男であろうか。

そして今、その務めをまっとうせんとして、自らが刀を抜いて戦い姫を守ったの

だ。

それらの隠れた経緯が明らかとなった今、小六と本蔵は、

「姫……、頭取に身をお預けなされませ……」

との想いを目で訴えた。

彼女はそれに応えるかのように、しっかりと鷹之介に向き合い、

「まず、この度の稽古の首尾を、ご覧《ろう》じくださりませ」

しっかりと畏まった後、

「江田徹四郎！　さて勝負の決着をつけようか。そなたもわたしも、共に右の肩に手傷を負うている。苦しゅうはなかろう！」

「姫……」

鷹之介は、窘めんとしたが、

「武芸者たる者が、勝負を望まれて、このままうやむやにしたとあっては、上様の御前には恥ずかしゅうて出られませぬ。どうぞお止めくださりませぬよう」

鈴姫はきっぱりと言った。

「おのれ、小癪な……」

それを聞いた江田徹四郎は、最早これまでと観念して、せめてこの女を討ち果してくれんと最後のあがきを見せて、肩の傷も何のその、恐るべき勢いで鈴姫に打ちかかった。

——いかぬ、あ奴は死兵になっている。

三右衛門は、唸った。

死ぬ気でいる相手は、性質が悪い。ここまできて、鈴姫が怪我をしたら困るのだ。

手負いの鈴姫が相手となれば、徹四郎は強かった。同じように手傷を負っていても、そこは男と女の体力の違いがある。

鈴姫は、その勢いに呑まれ、後退を余儀なくされた。

「姫！」

その時、小六が持参した、鈴姫の筑紫薙刀を、姫めがけて放り投げた。

主従の息は合っていた。

鈴姫はそれを受け取ると、俄然、力を取り戻し、右肩の痛みに堪えながら、反撃に転じた。

右手が使い難いからこそ、力を抜いてゆったりと体を使って振ればよい。

筑紫薙刀を手にした鈴姫は、鷹之介と三右衛門とで稽古をした、体で振る技を思い出していた。

「おのれ！」

徹四郎も、最後のあがきで前に出た。

柔らかな技に対し、あくまでも剛で対抗したのである。

しかし、足袋裸足で、庭の土を踏みしめた鈴姫であったが、地面の石塊を踏んで体勢を崩した。

「死ね！」

徹四郎が、その隙を逃さず、跳躍から薙刀を叩きつけんとした。

「姫！　片手でも振れまするぞ！」

鷹之介が叫んだ。

鈴姫は、咄嗟にあの日の稽古を思い出し、薙刀の柄の端を片手に持ち、腕ではなく体で振った。

体の回転で、舞うように薙刀を大きく旋回させたのだ。

「うッ！」

思わぬ遠間からの一撃を出端に受け、徹四郎はかわし切れなかった。

鈴姫の薙刀は、見事に徹四郎の脛を斬った。

どっと、地に伏した徹四郎に、尚もかからんとする鈴姫の眼前に、

「勝負あった！」

と、鷹之介、三右衛門、大八が次々に投げた脇差が、姫を前に行かせまいと地面に突き立っていた。

「姫！　お見事でござった！　この上の殺傷は無用にござる。怪しからぬ者共は法をもって裁かれましょう！」

鷹之介の力強い言葉を受けて、鈴姫はその場に座り込み、万感の思いを込めて頭を垂れた。

「頭取……、かくなる上は、何もかもお任せいたしまする……。今までの無礼、何卒お許しくださりませ……」

この時、頑なに閉ざされていた鈴姫の心の扉は、一気に開かれた。

扉を開く力となったのは、武士の真心、武芸を会得していくことの楽しさを知ったこと。そして、初めての恋であった。

十

鈴姫は、一旦、赤坂丹後坂の武芸帖編纂所に入って身仕度を調えた上で登城し、将軍徳川家斉の御前で演武を披露した。

これに、武家の姿に戻った村井小六、布瀬本蔵、りくが随身《ずいじん》した。

演武の相手は新宮鷹之介が務めた。

かつて家政不行届を咎められた藤浪家の姫を、女武芸者として召したことについて、家斉は難色を示すどころか、

「鷹よ、よくぞ見つけ出したぞ」

と、手放しで喜んでくれた。

家斉は、藤浪家を改易に処したことを悔んでいて、

「これで肩の荷が降りたというものじゃ」

と、この二年の間、市井にあって薙刀の修練を積んできた鈴姫を称え、労った。

そして、大奥の女中達への武芸指南を命じて知行三百石とし、雉子《きじ》橋の外に屋敷

を与えたのである。

別式女として大奥に閉じ込めるのではなく、一人の武芸者として遇したのだ。

この屋敷に、小六、本蔵、りくが嬉々として入ったのは言うまでもない。

件の桃の木が、福智屋長助、菊太郎父子によって、この屋敷の庭に植えられたのは、一月後のことであった。

やがて鈴姫に婿をとらせれば、

「藤浪家も再興となろう」

家斉は、慈愛に充ちた言葉で祝い、鈴姫を感涙させたのであった。

鷹之介も、三十両の褒美を賜わり大いに面目を保った。

植木流薙刀術――。藤浪豊後守の娘・鈴が、長柄の鉈を遣う内に開眼。奥女中達の武芸としてこれを伝えた。

そして、武芸帖にはそのように記された。

「殿、まずは祝着《しゅうちゃく》至極《しごく》に存じまする」

高宮松之丞は大いに喜び、まずは一件落着となったのだが、鷹之介は何やら落ち着かなかった。

鈴姫が別れ際に、

「わたくしが婿を取れば、藤浪家は再興となるそうです。これもまた天命なのでございましょうか」

と、哀しげに言った言葉が、心に引っかかったのだ。

もしや、あの植木畑で自由に駆け回る暮らしの方が、彼女にとってはよかったのではなかろうか。

これも主命とはいえ、鈴姫の哀切を帯びた表情が頭から離れず、心に引っかかるのである。

「いや、これでよかったのでござりまするよ」

水軒三右衛門は、鷹之介を諭すように言った。

「人は皆、抗いようのない運命《さだめ》を生まれながらに背負うておりまする。二十歳の姫には、これこそが何よりの道だと、周りの大人が言ってさしあげるのが何よりでござりましょう」

「なるほど、三殿が申される通りじゃな……」

日頃は滅多に、人の道や生き方などを語らぬ三右衛門だけに、今の言葉には重みがあった。

鷹之介の心は、随分と落ち着いたのだが、

――やはりこの殿は、唐変木だ。

三右衛門は、心の内で苦笑していた。

鈴姫は、抱いたとてどうしようもない新宮鷹之介への恋情を、別れに際して吐露したのだ。

――まったく、わかっていない。

一人、にこやかに頷いている鷹之介を見ていると、苛々するというものだ。

「頭取……」

つい苦言を呈したくなった三右衛門であったが、その刹那あることに思い当った。

「そういえば……」

「三殿、どうされた?」

「いや、今ふっと思い出したのでござるよ。あの、谷中の植木職人の伊太郎のことを……」

「あの、姫が攫われたところを突き止めてくれた男かな」

「いかにも……」

あの日、伊太郎は、

「あっしは、礼なんぞいりやせん。色々お取り込みがあったようで。お役に立てただけで嬉しゅうございます」

彼はそういうと、逃げるようにその場から立ち去った。

伊太郎にしてみれば、男気を出したもののこんな騒動に関わりたくはなかったのであろう。そのうち落ち着いたところで、礼をしておこうと、そのままにしていたのだが、

「思えばあの男。実は小松杉蔵が鎖鎌の出稽古をしたという、杉田屋伊之助ではなかったのかと……」

「そういえば……」

杉蔵の話では、伊之助は小柄で温和な男で、眼尻に黒子があるのが特徴だと言っていた。

今思えば、伊太郎の特徴はそれに合致していた。

三右衛門が、駒込七軒町の居酒屋で百合之助達を見張って後に、江田徹四郎が店

に現れた。

その場には杉田屋伊之助がいて、悪漢達が手を取り合うのを見ていたのは、天のみが知ることであるが、

「さらにあの男……、以前にもどこかで見たような気が……」

首を捻る三右衛門を眺める鷹之介にも、閃くものがあった。

「確かに見覚えが……。それは城中ではござらなんだか？」

「いかにも。城中のどこかで……」

新宮鷹之介は小姓組番衆として、水軒三右衛門は将軍家剣術指南役の付人として、二人共将軍の側近くに出ていた時がある。

それぞれが記憶を辿ると――。

「公儀御庭番だ……」

将軍直属の謀叛《むほん》を担う御庭番の中に、確かに居た顔であった。

「明楽《あけら》……」

「以蔵《いぞう》……」

鷹之介、三右衛門共に、物覚えは悪くない。

明楽以蔵――。将軍家斉のお気に入りの忍びの者である。

「そうか、それで合点がいき申した」

三右衛門は神妙に頷いた。

家斉は、初めから鷹之介が、鈴姫を捜し出すことを望んでいたのだ。

奸臣を斬り捨て、市井に身を寄せんとした鈴姫を、家斉は予てより不憫《ふびん》に思っていた。

それゆえ、御庭番に命じて、密かに鈴姫の行方を求めたところ、染井村に潜んでいるが、心は荒み山猫のようになっているとの報せ。

ならば、新宮鷹之介に当らせれば、もしや姫の心を開かせ、薙刀の指南役として連れてくるのではなかろうか――。

ちょっとした好奇と悪戯心も合さり、鷹之介を召し出し、〝おんな薙刀〟の名手を見つけて連れてくるよう命じた。

すると鷹之介はまず、大原道場を訪ね、珍騒動を引き起こした。

家斉は、これを聞いて大いに笑ったという。

そして、そっと助け舟を出した。

近頃、武芸帖編纂所に出入りしているという小松杉蔵なる者に、明楽以蔵を近付け、植木屋の武芸道楽として鎖鎌術の指南を請わせたのだ。

植木屋ならば、鎌を使う武芸を習ったとておかしくはなかろう。

杉蔵は染井村に通う。すると、やがて鈴姫の存在に気付くはずだ。そこから編纂所に噂が流れる。そして鷹之介が動き出す。

家斉が鷹之介を鈴姫に近寄るように仕向けたのは、藤浪家の遺臣で、鈴姫に恨みを持つ江田徹四郎が不穏な動きを見せている事実を、御庭番が摑んだからでもあったのだ。

鷹之介が、鈴姫を救えば、鈴姫はますます心を開くはずだ。

とはいえ、鷹之介も二六時中監視は出来まい。そこである時は杉田屋伊之助、またある時は通りすがりの植木職人伊太郎として、以蔵に見張らせた――。

そう考えれば、これまで続いた偶然の連鎖の説明がつく。

「だが、三殿……。上様は、そのようなことは、おくびにも……」

鷹之介は、家斉の慈愛を体中に覚えて、思わず声を詰らせた。

三右衛門は、ニヤリと笑って、

「上様は、真に洒落た御方でござりまするな」

しみじみと言った。

「上様……！」

鷹之介は、編纂所の庭へ降り立つと、そのまま江戸城が建つ方角に向かって平伏した。

「おお、何ごとじゃ？」

その姿を見て驚く松岡大八に、

「まず、頭取に従わん……」

三右衛門はやれやれという表情を浮かべて、ぽかんとする大八を促してこれに倣《なら》った。

三人はしばし、北東を伏し拝んだ。彼らに降り注ぐ春の光は、どこまでも暖かかった。

光文社文庫

文庫書下ろし／長編時代小説
姫《ひめ》の一分《いちぶん》　若《わか》鷹《たか》武《ぶ》芸帖《げいちょう》

著　者　岡《おか》本《もと》さとる

2018年11月20日　初版1刷発行

発行者　鈴木広和
印　刷　萩原印刷
製　本　ナショナル製本

発行所　株式会社　光文社
〒112-8011　東京都文京区音羽1-16-6
電話（03）5395-8149　編集部
8116　書籍販売部
8125　業務部

ISBN978-4-334-77762-3　Printed in Japan

組版　萩原印刷

上田秀人
「水城聡四郎」シリーズ

好評発売中★全作品文庫書下ろし!

聡四郎巡検譚

(一) 旅発《たびだち》
(二) 検断

御広敷用人 大奥記録

(一) 女の陥穽《かんせい》
(二) 化粧の裏
(三) 小袖の陰
(四) 鏡の欠片《かけら》
(五) 血の扇
(六) 茶会の乱
(七) 操《みさお》の護《まも》り
(八) 柳眉《りゅうび》の角《つの》
(九) 典雅の闇
(十) 情愛の奸《かん》
(十一) 呪詛《じゅそ》の文《ふみ》
(十二) 覚悟の紅《べに》

勘定吟味役異聞

(一) 破斬《はざん》
(二) 熾火《おきび》
(三) 秋霜《しゅうそう》の撃《げき》
(四) 相剋《そうこく》の渦《うず》
(五) 地の業火《ごうか》
(六) 暁光《ぎょうこう》の断
(七) 遺恨《いこん》の譜《ふ》
(八) 流転《るてん》の果て

光文社文庫

剣戟、人情、笑いそして涙……

坂岡 真

超一級時代小説

将軍の毒味役 **鬼役シリーズ**

鬼役 壱
刺客 鬼役 弐
乱心 鬼役 参
遺恨 鬼役 四
惜別 鬼役 五
間者《かんじゃ》 鬼役 六 ★
成敗 鬼役 七 ★
覚悟 鬼役 八 ★
大義 鬼役 九 ★
血路 鬼役 十 ★

矜持《きょうじ》 鬼役 十一 ★
切腹 鬼役 十二 ★
家督 鬼役 十三 ★
気骨 鬼役 十四 ★
手練《てだれ》 鬼役 十五 ★
一命 鬼役 十六 ★
慟哭《どうこく》 鬼役 十七 ★
跡目 鬼役 十八 ★
予兆 鬼役 十九 ★
運命 鬼役 二十 ★

不忠 鬼役 二十一 ★
宿敵 鬼役 二十二 ★
寵臣《ちょうしん》 鬼役 二十三 ★
白刃《はくじん》 鬼役 二十四 ★

鬼役外伝 文庫オリジナル

★文庫書下ろし

光文社文庫